シェフ　マハダビキア
執事　ジャンジャック
暗殺者　メアリ
マジカルストライカー　エイミー

登場人物紹介

CHARACTERS

KASHIN NI MEGUMARETA TENSEIKIZOKU NO SHIAWASE NA NICHIJOU

「おいで！　ゴリ丸、ドラゾン!!」

家臣に恵まれた＼転生貴族の／幸せな日常 1

KASHIN NI MEGUMARETA TENSEIKIZOKU NO SHIAWASE NA NICHIJOU

目次

家臣に恵まれた
\ 転生貴族の /
幸せな日常

KASHIN NI
MEGUMARETA
TENSEIKIZOKU NO
SHIAWASE NA
NICHIJOU

プロローグ

【貴方《あなた》は生前の行いから、ガチャ専用コインを十一枚所有しています。
では、転生記念ガチャ、スタート!!
おめでとうございます!
以下の景品を獲得されました!!

上級召喚の書
メイド長　アリス
騎士　オドルスキ
執事　ジャンジャック
暗殺者　メアリ
魔獣の箱庭
孤児　ユミカ
シェフ　マハダビキア

メイド　イリナ
騎士団パック
亡霊王　マジュラス

全ての景品をアクティブ化します。

貴方に幸多からんことを】

妙な夢を見た。スマホゲームを始める時によくあるような開幕ガチャを引いている夢だ。

現れた巨大なカードが眩《まばゆ》い光を放つと、八枚が人の形に変わった。残りは本と建物のジオラマ、あとは馬に乗った鎧兜《よろいかぶと》の兵隊の人形。


カウントダウンが一つ進むごとにガチャで引いた景品達《たち》が消えていき、カウントがゼロになった瞬間に目の前が暗くなったかと思うと、すぐに明るくなった。


「お目覚めですか？　ご気分はいかがでしょう」

「……悪くはない、と思う」

悪くはないけど戸惑ってはいる。僕に声をかけたのが、さっき夢で引いたガチャのキャラクターだったから。

一つにまとめて腰まで垂らされた白金色の髪が目を惹《ひ》くメイド服の美女。

そんな彼女が僕を覗《のぞ》き込《こ》んでいた。どうやら僕はベッドに寝ているらしい。

確か彼女の名前は。

「アリス」

「なんでしょうか、旦那様」

旦那様ときた。よくわからないけど、すごくいい響きだ。

彼女は、柔らかな微笑《ほほえ》みをたたえたまま、部屋のカーテンを開けていく。

「今日も素晴らしい天気ですよ。朝食を取られたら森で狩りをされてはいかがですか？」

「狩り？」

「ええ。あまり無理をされると困ってしまいますが、美味《おい》しいお肉をお持ち帰りいただければ、きっとメアリちゃんもユミカちゃんも喜びます」

そもそも森で狩りというのがピンとこないけど、メアリとユミカもさっきのガチャで引いたキャラクターだったはず。

ベッドの質感や窓から差し込む光は、夢にしてはリアルだけど……。

「さあ、食堂へ参りましょう。昨日オドルスキ殿が狩った大物を、マハダビキアさんが大張り切り

で解体してシチューにしたみたいです」

「ああ、わかった」

アリスが頭を下げて部屋を出ていく。

ベッドの脇には巨大なクローゼットが備え付けてあり、吊《つ》るされている服はどれも誂《あつら》えたように僕にぴったりだった。

問題は、どれも派手すぎるということ。その中から可能な限り大人しい色をと探した結果、濃いグレーのゆったりしたチュニックとズボンを着込む。

ちなみに、起きた時の僕は真っ裸だったのだけど、男のシンボルが立派すぎたことが、これが現実じゃないというか、少なくとも僕がこれまでの僕じゃないという証明になった。

「馬か、僕は」

悲しいかなこんなに立派なシンボルを持っていた記憶はない。それだけじゃなく、こんなに視線が高いのも慣れないし、身体《からだ》も引き締まっている。

「死んだのかな」

思い出そうとしてもその部分だけ記憶が曖昧だ。ただ、『転生』ガチャと言うからにはおそらくそういうことなんだろう。

前世の僕はなんらかの理由で生涯を終え、この場所に渡った。赤ん坊でもないから転生というか転移の方が正しいのかもしれないけど、まあ細かいことは置いておこう。

「旦那様？　いかがなさいました？」

現状把握に時間を費やしすぎたようで、アリスが部屋の外から声をかけてくれる。

「ああ、今行く」

そう答えて部屋を出ると、柔らかな表情から一転、不満げに眉を顰《ひそ》めてみせるアリス。

「まあ、またそんな地味なお召し物を……。赤や橙《だいだい》の方が映えますのに」

普段使いにそんな光沢のある赤やオレンジの服を着たいとは思わないので拒否してみたが、その顔を見ると納得はしていないらしい。

「服なんて地味な方がいいんだ。目立っても仕方ないだろう」

「そんなことはございません。確かにあまりお客様のいらっしゃる場所ではありませんが、それでも旦那様は上級貴族のお一人。いついかなる時もそれにふさわしい服装をされるべきです」

上級貴族？　聞いたことのない言葉だ。

【この世界の貴族階級は公侯伯子男騎の六階級。上級貴族は、公侯伯を指します。もちろん、子爵以下でも力を持つ家も多数存在していますが】

頭のなかに直接響く声。

アリスの顔を窺《うかが》うが、そもそも明らかに声が違う。

【はじめまして。私はコマンドと申します。レックス様の第二の人生がより豊かに、実りあるものになるよう全力をもってサポートいたしますので、以後よろしくお願いいたします】

こちらこそよろしく。

早速だけど、ここはどこ？　僕は誰？

【ここはレプミア王国。その存在は定かではなく、しかし確実に存在する世界、アルスマークの一国。レックス様に馴染《なじ》みがある言葉で説明すると、俗に言う異世界です】

俗に言ったな。まあそうだろうとは思ったけどやっぱりそうか。生まれ育った世界とは違う、不思議な世界。そう考えると、メイドな彼女はまさに不思議の国のアリスだな。

【貴方はこのレプミアにおける上級貴族の一席を担う者。レプミア貴族のなかでも選ばれし家のみが名を連ねる十貴院。その九の座に位置するヘッセリンク伯爵家の現当主、レックス・ヘッセリンク】

レックス・ヘッセリンク。

それが僕の今の名前か。よし、覚えた。

要は十ある有力貴族のうち下から二番目ってことだな。

【父である前当主が不慮の事故で急逝。前伯爵の長子であり、召喚士として名を馳《は》せ、『魔人』の通り名で知られるレックス様が名門ヘッセリンク伯家を継がれました。現在二十八の歳《とし》です】

バックボーンの説明どうも。

魔人か。くすぐられる響きで嫌いじゃないです。

しかし父親はもう亡くなっているのか。母親や他の兄弟姉妹はどうなのかな？

【母君は国都の屋敷でレックス様の妹君とお住まいです】

貴族なのにあまり兄弟は多くないんだな。勝手に子沢山なイメージを持っていたけど、妹だけなら仲良くしないと。いつか会えるかな。まあ、それも今のこの状況に慣れてからか。

「もし人前に出る機会があればアリスに服の選択を任せる。だから普段は地味な服で許してくれ」

「……約束してくださるのであれば、今日は目を瞑《つぶ》りましょう」

難を逃れた。難を将来に先送りしたとも言えるが、毎日毎日キンキラキンの服を着て過ごせるほどの強メンタルは持ち合わせていない。

「確か、先日仕入れた濃い紅の布があったわよね。後で職人を呼んで……」

先送りした難は確実に将来で待っているようだ。僕を先導しながら小声でぶつぶつ呟《つぶや》いているメイドさんを眺めながら、未来の僕に心の中で謝罪しておく。

すまない、将来の僕。将来君は顔に似合わないド派手な服を着せられることだろうが、今の僕のために犠牲になってくれ。

「よお、若様！　遅かったじゃないか。せっかくの俺の自信作が冷めちまうぜ？　アリス、準備を急ぐぞ。ほらほら」

食堂に入ると、コックコートを着た無精髭《ひげ》の男が駆け寄ってきて親しげに僕の肩を抱いてきた。

シェフのマハダビキアか。

黒髪を短く刈り込んだ三十代後半から四十代前半に見えるその男は、ニコニコというかニヤニヤに近い笑顔を浮かべながら火にかけられた鍋を指差した。

「オドルスキのやつが上物を仕留めてきたんでね。よーく煮込んでシチューにしてみたんだよ。若様に必ず気に入ってもらえると思うぜ！」

えらくフランクだな。まあ下手《へた》にかしこまられるよりよっぽどいいけど、アリスがすごい顔でこっち睨《にら》んでるぞ。

「ん？　おいおい、そんなに眉間に皺《しわ》寄せてちゃ綺麗《きれい》な顔が台無しだぜ？　なあ若様」

僕に振るなよ、お前が怒らせてるんだろうに。

【マハダビキアは他国の王宮に勤めていた腕利きの料理人ですが、とある濡《ぬ》れ衣《ぎぬ》を着せられたことで出奔。この国に流れ着き、縁あってヘッセリンク家に雇われた経緯があります。その際の条件は一つだけ。無礼な態度を咎《とが》めないこと】

カッコいいバックボーンだねそれは。つまり、ここで僕がマハダビキアを叱ったら契約不履行になるわけだ。

「マハダビキアのこれは今に始まったことじゃない。いちいち気にしても仕方ないさ。大事なのは料理の腕だろう？」

「……旦那様がそうおっしゃるなら。しかしマハダビキアさん。公式の場ではくれぐれも、くれぐれもよろしくお願いしますよ？」

「りょうかーい。おじさんこれでも若い頃は他所《よそ》の国の王宮に出入りしてたから、バッチリ決めちゃうよ」

バチッと音がしそうウインクが様になる伊達男《だておとこ》。アリスから送られる冷たい視線もどこ吹く風。

そんなもの一切気にしないとばかりのメンタルの強さは見習いたいものだ。

シミ一つない真っ白なクロスのかかった馬鹿みたいにでかいテーブルに一人で掛けると、背後にアリスが控える。

すると、タイミングを計ったようにマハダビキアが現れ、熱々のシチューを目の前に置いてくれた。

皿になみなみとよそわれたシチューはクロスと同様に真っ白で、その中に浮かぶのは様々な野菜と肉の塊。

「まあ食べてみなって。それで、美味《うま》けりゃオドルスキのやつを褒めてやってくれよ」

とりあえず存在感抜群の肉を一口。

うわっ、美味っ！

嚙《か》み切《き》るのに歯いらないいんじゃない？　ってくらい柔らかくて口の中でどんどん肉の繊維が解《ほど》けていく。豚に近いかもしれないけど、比べ物にならないくらい旨味《うまみ》が強い。シチューの味付けもこの肉の旨味を邪魔しない絶妙な甘みと塩味だ。素材も最高なんだろうけど、きっとマハダビキアの腕があってこそのクオリティなんだとわかる。

「最高だ」

頭の中には褒め言葉がたくさん浮かんできていたのに、口から出たのはそれだけだった。いや、ほんとに美味いものを食べたら人間そんなものだよね。

「くっ、ははっ！　こりゃいいや。ごちゃごちゃと余計なことを言わず、短い一言に全てをこめてくださる。相変わらず若様は褒め上手《じょうず》だぜ！　これだからヘッセリンクの料理人はやめられない」

いや、脳内で褒めまくってたけど、喜んでくれたならいいか。

この肉を狩ってきたのがオドルスキ。確か肩書きは騎士だったな。

「アリス。オドルスキはどこだ？　これだけのものを狩ってきたなら一言礼を言わないとな」

「オドルスキ殿なら森のどこかで魔獣の討伐をされていると思います。夕方には戻られるそうですが」

「そうか。それなら、腹ごなしに僕も散策するとしよう」

「散策ね。流石《さすが》は上級召喚士様だ。あの森ほど散歩にそぐわない場所もないだろうに。オドルスキにしても若様にしても、人外って言葉がピッタリだ」

「マハダビキアさん！　旦那様に失礼です！」

「構わないよアリス。マハダビキアのそれは褒め言葉だ」

「流石若様。こういうとこはやっぱり男同士じゃないとわかり合えないもんだなあ」

「男同士とか女だからとか、そういう問題じゃありません！」

「はっはっは、悪かった悪かった。お詫《わ》びにあとでシチュー多めに注《つ》いでやるから許してくれよ」

ここの使用人達はとても仲がいいみたいだ。立場が違っても言いたいことを言い合える関係なんだな。

良かった。修羅の家系だったら胃を壊す自信があるから。

「それじゃあ家のことを頼むぞ、アリス」

「お任せください。夕方までにはお戻りですよね？」

そういえば僕のレックス・ヘッセリンクとしての仕事って何があるんだ？　有力貴族らしいし、放蕩《ほうとう》野郎として遊んでればいいってこともないはずだ。

コマンドさんよ、そこのとこどうなの？

【通常の貴族であれば領地経営を行います。領民代表からの陳情を聞いたりするのも領主の仕事ですね。あとは近隣諸侯との会談や王城への定期登城など】

領民代表って、そもそもどのくらいの人数の領民がいるのか。徴税とかどうしたらいいんだろう。

確か執事がいたよな？　彼に任せればいいのかね？

【しかし、ヘッセリンク伯爵家は例外です。なぜならヘッセリンク伯爵家の領地はこの魔獣の棲《す》む森のみであり、領民など存在しません。ここに住むのはヘッセリンクに仕える数人と領兵のみ】

まじで？　十貴院なんていう偉そうな団体の一員なのに領地は魔獣の棲む森だけで領民もいないなんて。

まあ、難しいことしなくていいならそれに越したことはないけど税金はどうしてるんだ？　過去の功績で免除でもされてる？

【ヘッセリンク伯爵家は代々唯一の領地であるこの森に現れる魔獣を討伐し、その素材を納めることが納税と見なされているのです】

ああ、腕っぷしの強い家系なんだね。

【先代は歴代最強と呼ばれた槍《やり》使い、先々代も並ぶ者なしと謳《うた》われた火魔法使いでした。その力の連環は神が与えたもうたとしか考えられないと言われています】

そして僕は召喚士。というからには何かしら呼び出せるということだろう。あとでオドルスキ君を探すついでに試してみるかな。

【レックス様自身の他に対魔獣の戦力となるのは今のところ、堕《お》ちた聖騎士オドルスキ、暗殺者メアリ、執事ジャンジャックの三名です】

「それじゃあ僕も森に出る」

「旦那様とオドルスキ殿がいて対応できない魔獣が出たならこの世の終わりですね」

「違いねえ」

そんなアリスとマハダビキアからの人外評価を背中で聞きながら外に出ると、目の前には本物の森が広がっていた。比喩じゃなく、濃淡様々な緑が彩る美しい森。我が家はこの森に現れる魔獣ってやつを狩って生計を立ててるわけだ。それが税金代わりになっているみたいだけど、上手《うま》くやれなかったら税金未納で追徴とかあるのだろうか。上級貴族なんて呼ばれてるのにそれは恥ずかしすぎる。召喚士なんていうカッコよさげな職業で税金未納とか赤っ恥もいいところだ。

そもそも召喚士としての僕はなにができるのだろうか。

【召喚士とは、この世界に実在する魔獣を喚《よ》び出し、使役する才能を持つ者の総称。その人数は稀《き》少《しょう》であり、平民でありながら召喚士の才能を発現した者は、漏れなく国に仕官することが認められます】

貴重かつ稀少な才能なわけだ。呼び出せる魔獣に制限はあるんだろうけど、ワクワクするね。

【レックス様が現在召喚できる魔獣は、双頭四腕の大猿『大魔猿』および、骨となってなお生き続ける極悪竜『ドラゴンゾンビ』の二体です。大魔猿、ドラゴンゾンビともその脅威度はA。万が一街に現れた場合、討伐のために国軍の出動を要する水準の魔獣です】

それはそれは。そんなのが二体もいたらほとんど無敵じゃないか。世界征服でもしちゃいますか？

【二体だけで世界征服は不可能です。申し上げましたとおり、国軍が全力で当たれば討伐は可能ですので】

真面目だねコマンドは。心配しなくてもそんなこと小指の爪の先ほども考えてないよ。

【騎士オドルスキなど人の理《ことわり》を外れた強者であれば脅威度B程度なら一人で渡り合えますし、レックス様が召喚士としての力を振るえば脅威度Aすら路傍の石と成り果てるでしょう。その他の戦力を加味し、ヘッセリンク家が世界を征服するには、少なくとも脅威度Aの魔獣が十体は必要だと試

算します】

だからやらないって。余計な試算するのはやめてくれ。

【現状ではそれが賢明でしょう。今は魔獣を討伐して国への貢献度を高めると同時に、召喚士としての経験を積まれることをお勧めします】

つまりレベルアップを目指せと。そういうことだね。

さて、コマンドとのお話しも楽しいんだけど、一つ気になってることがあるんだ。

そうそう、さっきからこっちをすごい顔で睨んでて今にも飛びかかってきそうな熊っぽいなにかのこと。

【脅威度C、マッドマッドベア。どうやら腹を空《す》かせているみたいです】

餌認定されてるよね？　涎《よだれ》ダラッダラだし、マッドって言うだけあって完全に目が逝っちゃってる。

【デビュー戦にはうってつけの相手ですね。さあ、上級召喚士の力を解き放ちましょう】

どうやって？

【……喚びたい魔獣の名を呼んでください】

今、わかるだろ？　空気読めよ！　みたいな間を感じたんだけど気のせいか？　テンポよく行こうぜ、みたいな。確かにテンポは大事なので言うことを聞いておこう。

「おいで、大魔猿！」

名前を呼んだ瞬間、身体の中から何かがごっそり抜かれた感覚に襲われ、膝がガクガク震えて立ってるのも辛《つら》い。

【召喚の代償に、レックス様に宿る上質な魔力を消費しました。来ますよ。上です】

空から!?

【双頭と四本の腕を持つ異形の大猿。脅威度A、大魔猿】

でかいな。着地で地面が揺れたぞ。猿というかゴリラだなこの子は。縦は二階建ての家くらいか。まあ腹ぺこ熊もそのくらいあるけど、なんかこの子の方が分厚い。

【大魔猿を含む召喚された魔獣は閣下の下僕です。さあレックス様、ご命令を】

命令ねえ。見た目は厳《いか》ついけど、意外とつぶらな可愛《かわい》い目をしてるんだな。

「よし、お前はゴリ丸だ」

お、名前を付けたらこっちに寄ってきたぞ。はっはっは、四本腕でハグは痛いからやめなさいゴリ丸。

【名付けを確認。以降、大魔猿の召喚は、個体名ゴリ丸に固定されます】

よくわからないけどそうしてくれ。その方が愛着が湧くし、ペットを飼ったことないからなんか嬉《うれ》しい。

「ゴリ丸、食事の時間だ。今日のご飯は熊肉だぞ。全部食べて良し!」

ペット飼ったら甘やかしちゃうだろうなあとは思ってたけど、やっぱりそうなった。本当はあの熊の素材を税金に充てないといけないのにゴリ丸にはお腹《なか》いっぱいになってほしい。全部食べていいぞー。

【あまり甘やかしすぎるのは感心しませんよレックス様。躾《しつけ》は最初が肝心です】

わかってるよ。でもほら、目の前でもう熊さん原型とどめてないし。

圧倒的だったなゴリ丸。ゴーサイン出した瞬間四本の腕で摑《つか》みかかってそのままタコ殴り。いやあ、やんちゃだった。本当なら毛皮やらは納税のために取っておかないといけないんだろうけど、食い散らかしてるから回収できないな。

【最低限魔獣の生命石が手に入れば事足りるので魔獣を餌にするのは構いません。ゴリ丸に回収させてください】

ゴリ丸、生命石？　っていうのを持っておいで。

そう伝えると、ボウリングの球くらいの丸い赤黒い石を持ってきてくれた。違うな。赤黒いのは熊の血か。

【素晴らしい。相当な生命力を蓄えていたみたいですね。生命石は魔獣がそれまでに蓄えた生命力が凝縮され固体化したものです。この国では様々な用途で利用されますので需要が尽きることはありません】

じゃあ難しく考えず、この石を集めて納めればいいってわけね。オーケー、わかった。安心してゴリ丸達《たち》に餌を与えられそうで良かったよ。もう一頭のドラゴンゾンビにも早く会いたいものだ。

【素材があればなお良しというところでしょうか】

それじゃあ僕以外のみんなが倒した魔獣からは素材も取ってもらうことにしよう。それなら問題ないだろう。ん？　どうしたゴリ丸。このでかい肉をくれるのか？　お前が全部食べていいんだぞ？

【大魔猿の習性です。一番いい肉は群れのボスに差し出し忠誠を誓う。レックス様を主人と認めたのでしょう】

はっはっは、よーしよしよし、いい子だ。なんて優しい子なんだゴリ丸は。また美味しい肉を食べさせてあげるからね。

で、この石と肉をどうやって持って帰るかだが。

【レックス様。このコマンドにお任せください。保管】

コマンドがそう言うと、僕の手から生命石と熊肉が姿を消す。なんだ、ゴリ丸からのプレゼントはどうした？

【私の機能の一つ、保管を使用しました。なんでもいくらでもではありませんが、一定量を収納、保管することが可能です】

素晴らしい。実に有能です。

【お褒めに与《あずか》り、恐悦至極】

流石はコマンドさん、頼りにしてるよ。

それじゃあゴリ丸、戻りなさい。そんなに悲しそうな顔しなくてもまたすぐ喚ぶから、ね？

「ただならぬ気配を感じて来てみたら……やはりお館様でしたか。いつも申し上げておりますが、一人で森に入るのはおやめください」

ゴリ丸との別れを惜しんでいると、背後から窘《たしな》める声が聞こえる。

いきなりお説教モードな男は見た感じ三十代中盤くらいか。くすんだ金髪を短く刈り込んだ大柄な男。堅そうな物言いと僕をお館様と呼んだことから察するに、彼が聖騎士オドルスキだな。

「やあオドルスキ。探したぞ。マハダビキアのシチューが最高だったんだが、あの肉はお前が仕留めたと聞いて礼を言いに来たんだ。よくやってくれた」

「もったいないお言葉。しかし、素晴らしい逸品に昇華させたのはマハダビキアです。称賛ならば、彼に」

「うん。マハダビキアには朝一で礼を言ってある。オドルスキの言うとおりマハダビキアの腕あってこそではあるけど、素材を狩ってきたのはお前だろう？　今晩はあの肉をあてにみんなで一杯やろうか」

「喜んでお付き合いいたします。が、一人で森に入らないというお約束をいただいてからです」

お堅い。堕ちた聖騎士らしいけど、本当に暗黒面に堕ちてるのか？　すごく溌剌《はつらつ》としてるし、見た目も爽やか系だ。

「お館様が一騎当千の強者だと存じ上げておりますが、先代様のこともあります。慎重に行動していただくべきです」

「わかったわかった。次からは気をつける」

「結構です。ではもうすぐ日暮れですので屋敷に戻りましょう。お館様、生命石はどちらに？」

ん？　ああ、コマンドのことを知らないからな。さてどう説明したものか。

【適当にごまかしてください。基本的にオドルスキはレックス様にゴリ丸どころではない忠誠を誓っていますから、よっぽどでなければ信じます】

やだ重たい。ただ、都合はいい、と。

「召喚に連なる術を習得したんだ。持ち物をここではない空間に保管するというものなんだが」

「なるほど。いや、流石はお館様。上級貴族かつ上級召喚士というお立場にありながら現状に満足せず、さらに研鑽《けんさん》を積まれるとは。このオドルスキ、感服いたしました」

膝とかつかなくていいから。ほら、立って立って。

「マッドマッドベアの肉のいいところもあるし、マハダビキアには存分に腕を振るってもらおうか」

「おかえりなさいませ、旦那様。ああ、オドルスキ殿と合流できたのですね。戦果はどうでしたか？オドルスキ殿」

屋敷に戻るとアリスが出迎えてくれた。癒やされるね、これは。

「ああ、私からはこれを。いい大きさのマーダーディアーがいたから角と皮、あとは後ろ脚だ。アリス嬢、マハダビキアを呼んでくれるか」

デカイ頭陀袋《ずだぶくろ》抱えてるから保管するって言ったんだけど、僕に甘えるわけにはいかないって聞かないんだよなあ。僕もゴリ丸が譲ってくれた熊肉を渡さないと。ええっと、コマンド？

【取り出し】

おお、すごい。ちゃんと何かしらの植物の葉で包んである。気遣い大変ありがたいです。

【どういたしまして】

「あら、旦那様も？　お怪我《けが》はございませんか？」

「大丈夫だ。色々と収穫の多い散策だった。オドルスキには一人で森に入らないよう釘《くぎ》を刺されたけどな」

「お館様に何かあればアリス嬢達を悲しませてしまうのです。何卒《なにとぞ》」

「それはお前もだオドルスキ。お前が死ねば彼女達やマハダビキアは悲しむだろう。もちろん僕もだ。お互い長生きしような」

「……はっ！」

なんだろう、オドルスキと、今のやりとりを見ていたアリスからの忠誠が著しく上がった気がする。気のせいか。でもせっかくだからみんなで仲良く長生きしたいよなあ。多分、僕も含めて不死身じゃないだろうし確かに気をつけなきゃいけないいか。

「若様にオドルスキ。無事でなにより。っておお！　こりゃあいい大きさの腿《もも》じゃねえか。若様の

「それは？」

「マッドマッドベアの肉だ」

「おお、あのクソッタレの暴れ熊の肉ですか。相変わらずの狩り上手なことで」

ゴリ丸のワンサイドだったけど。一般的には脅威度Cでもそのレベルなのか。

【戦う力を持たない人々では対応できませんね】

了解コマンド。ちなみにオドルスキの倒したマーダーディアーの脅威度は？

【Cです】

こちらも一般人には致命的だな。オドルスキが相手をすると？

【ほぼ完封が可能です】

それなら良し。殺人鹿やら暴れ熊やら初日から大変だ。

ガチャを引いたなかでまだ会ってないのは、執事と暗殺者、もう一人のメイドさんに孤児と亡霊王か。亡霊王以外は楽しみだな。

そんな、まだ見ぬ仲間達に想《おも》いを馳せながら、オドルスキらとともに酒を酌み交わす。

始めは軽くのつもりだったのに、ついつい飲みすぎた。それもこれも鹿と熊の肉が美味いのが悪い。さらに言うならマハダビキアの腕が良すぎるのが悪い。

オドルスキもマハダビキアも、さらにはアリスもいける口だったから誰も止めることなく宴会は夜更けまで続いた。

というわけで、翌朝は言い訳の余地もないほどの二日酔いです。

さっき起こしに来たアリスには午前中いっぱい寝かせてくれるようお願いしておいたし、二度寝を決め込むのになんの障害もない。

そのはずだったんだけど。

「お兄様！」

「ぐおっ！」

とてとてという可愛らしい足音が聞こえたかと思うと、えいっと掛け声を上げながら、何かずっしりしたものが僕の腹の上に着地した。なんだ!? え、お兄様??

「ユミカがただいま戻りました！ 寂しかった？ 寂しかったよね!?」

突然ベッドにダイブしてきた、ふわふわの明るい茶色の髪とエメラルドグリーンの瞳が印象的な少女。ぐりぐりと頭を擦《こす》り付けて子犬みたいに懐く様が癒やされるこの子が孤児ユミカか。

「ああ、お帰りユミカ」

二度寝したい気持ちをグッと堪《こら》えて上半身を起こし髪を撫《な》でてやると、可愛い顔をしかめてベッドから飛び降りる。

「お兄様、お酒臭い！ またお義父《とう》様や叔父様と遅くまでお酒を飲んでたのね？」

おとうさま？ おじさま？

【ユミカにとってのお義父様はオドルスキ、叔父様はマハダビキアです。もちろん血縁はありません】

「もう、仕方のないお兄様。いいわ、お昼まで寝てて。その代わり、午後はお茶を飲みながらユミカのお話を聞いてね？」

あー、これは可愛いわ。確かに癒やし効果は抜群だ。気のせいかもしれないけど二日酔いが和らいだ感すらある。

「ああ、約束するよ」

「約束よ？　それまで旅のお片付けをしておくね！　メアリお姉様も手伝ってくれる？」

部屋のドアにもたれかかってユミカの行動を眺めていたのは、墨で染めたような黒髪をポニーテールにした細身の美少女。じゃなくて、美少年か。この子が暗殺者のメアリだな。女の子として育てられたのが仕方ないと思ってしまうくらい綺麗な顔をしている。

「遠出して帰ってきてみりゃ兄貴衆が揃《そろ》って二日酔いとか、勘弁してくれよな。早速だけど、爺《じい》さんが兄貴に話があるってよ。二度寝決め込むの諦めろよな」

爺さん？　察するに、執事さんのことだろうか。

昼まで寝るって決めたのになあ。布団から出たくないなあ。

「無駄な抵抗やめろって。早くしないと爺さんの説教が始まるぜ？」

仕方ないか。二日酔いで仕事できませんなんて、前世じゃ通用しないし。這《は》ってでも会社来いって怒られたことを思い出した。

「お兄様にとってすごくいいことがあったみたいなの。お爺様が鼻歌を歌っちゃうくらいだもの」

「え、まじか？　俺見てないけど。あの将軍執事がねえ？　はっ、明日は雪だな」

「では、明日は朝から雪かきをしてもらいましょうかねえ。メアリさん？」

ロマンスグレーの髪をオールバックにした細身の壮年男性がメアリの肩に軽く手を置きながら笑っている。あ、でも目は笑ってない。なんならメアリが小刻みに震えてるな。しっかりしろ凄腕《すごうで》暗殺者。彼がジャンジャックだな。

「そのくらいの軽口は見逃してやれ、ジャンジャック」

「御意」

僕の言葉を受けて、パッと両手を上げて見せるお茶目《ちゃめ》なおじさん。メアリが涙目でこちらを見てるな。

ん？　た、す、か、っ、た？　そんなに怖いのか。

ところで、コマンド。

【はい、レックス様】

今回ジャンジャック達はどこに、何をしに行っていた？　幼いユミカが同行してた理由とかわかる？

【お答えします。ヘッセリンク伯爵家の領地であるこの地。国の示す正式名称はヘッセリンク伯爵領オーレナングですが、国都から見ると遥《はる》か西の果てに位置しています。ここよりさらに西にあるのは魔獣の巣窟。レックス様は、森から溢《あふ》れる魔獣から国を護《まも》る役職である護国卿《きょう》の地位にあります。ここまではよろしいですか？】

パンクしそうだよ。魔獣から国を護ると書いて護国卿？　カッコ良すぎて重い。領地の立地を考えると、うちの家系が世襲してるのかな？

【ご明察。ヘッセリンク伯を継ぐと同時にこの護国卿に任じられます】

ヘッセリンク伯爵領ってどのくらいの広さなんだろう。

【伯爵家のなかでは最大の面積を有するのがオーレナングです。とは言うものの大半は魔獣が棲む森ですが】

あの森そんなに広いんだ。面積は広いけど人が住める割合は猫の額程度って、住人が少ないのはそれが理由か。

【過去には森を切り開いて入植を試みたようですが、魔獣のせいですぐに全滅したため、ならばいっそ人を住ませないという結論に至ったようです】

守りきれなかったんだな。今だって僕、オドルスキ、メアリ、ジャンジャックしか戦えないみたいだし、何千人も戦えない人達がいたらまあカバーしきれないか。

【以降、ヘッセリンク伯爵家の直系男子と限られた使用人、最低限の領兵のみがこのオーレナングに常駐することとなりました】

だから母親がいないのか。オドルスキなんかはいいけどアリス達みたいな非戦闘員は可哀想《かわいそう》だな。最低限の身の回りのことくらい自分でできるから安全な場所に避難させるか？

【泣かれると思いますが、試すのはご自由にどうぞ】

穏やかじゃないね。

【彼ら彼女らは自ら望んでレックス様の側《そば》にいるのです。命云々《うんぬん》で悩む段階は、相当な葛藤の末に既に乗り越えているのです。そんな胸の内を無視して、俺は自分のことくらい自分で面倒見れるからお前らクビだと、そう仰《おっしゃ》るのでしょう？　鬼ですね鬼。モラハラ君主です。あの頃なりたくなかった上司のようになっていることに気付いてください】

わかったよ、言わないよ！　すごい畳みかけてくるよコマンド。モラハラとかよく知ってるな。

【わかっていただけたのなら結構です。話を戻します。護国卿に求められること。それは一に討伐、二に討伐、三、四も討伐、五に子作りです】

先生、五が仲間外れです。理解はできるよ？　父親も若くして亡くなったっぽいし。不慮の事故とか言ってるけど、確実に魔獣にやられてるよね。護国卿なんていう世襲の役職に就いてるからには、子供は多い方がいいだろう。ということは、ジャンジャック達の目的はお嫁さん探しか？

【御名答。娘を護国卿の伴侶にしたい貴族は掃いて捨てるほどいます。その中からこれはと思われる先に赴き下交渉を行うのがジャンジャックの仕事の一つです】

そこにユミカがついていく理由は？　あの子には特殊な能力はないんじゃなかった？

【仰るとおり、彼女は貴族の血を引いているというバックボーンはありますが、基本的には可愛いマスコットです】

確かに可愛い。髪なんかサラッサラのフワッフワ。ほっぺもプニップニだし。あの子を撫でくりまわしてたら二日酔いも回復するんじゃないかっていうくらい癒やされた。

しかし、みんな名前の響きが似てるな。

ええっと、アリスが不思議の国の金髪のメイドさんで、メアリが黒髪の暗殺者。アリスが僕に派手な服を着せようとするメイドさんで、メアリがお人形さんみたいな顔してるのに口が悪い暗殺者。で、ユミカが可愛い可愛いマスコット。

よし、OK。

【ユミカがジャンジャックに同行する理由は、レックス様の身内でもない現在平民の娘にどんな対応をとるのか。それを確認するためです】

確かにあの子に酷《ひど》い仕打ちを行うような家の娘などいらんな。むしろ攻め込もう。オドルスキとメアリを呼べ！

【落ち着いてください。戦争になります】

取り乱しました。

「メアリ、ユミカの護衛ご苦労」

「ヘッセリンク伯爵家の趣味のわりい家紋が入った外套《がいとう》に手ェ出す命知らずなんかいねえからな。

楽な仕事だったわ」

「まあそうだろうが、お前が護衛に付いているからこそ僕も安心してユミカを送り出せたんだ。労《ねぎら》うのは当然だろう？」

「そうよメアリお姉様！　お姉様がいてくださるからお爺様もお仕事に集中できたって言ってたわ！　ユミカも寂しくなかったの。いつもありがとう」

お礼が言えるなんて偉いぞユミカ。はっはっは、撫で撫でがいいのか。ほーら高い高いだ。

「兄貴の大事なものを守るのが俺の仕事だからな。ちゃんとこなすさ」

頬《ほお》が赤いな。礼を言われたくらいで照れるなんて可愛いとこがあるじゃないか。

「その生温かい目やめろ。ほら、爺さんも笑ってないでさっさと報告しちまえよ」

「ああ、ジャンジャック。今回もご苦労だった。ユミカが言うには素敵な成果があったということだが？」

「若い者に悟られるなど、爺めもまだまだ修行が足りませんな」


夢を見た。きっとこれは、ガチャを引いた夢の続きだ。

あの日聞いたのと同じ声が聞こえる。あれはコマンドだったのか？

【では、それぞれの景品を解説します。

《上級召喚の書》
上級召喚士に転職可能。初期召喚可能魔獣はドラゴンゾンビと大魔猿。魔獣は召喚士の得た経験によって追加される。
《メイド長　アリス》
屋敷のハウスキープを高レベルで実現するメイドの中のメイド。
《騎士　オドルスキ》
忠誠を誓った国に裏切られ、堕ちた聖騎士。個人能力はもちろん高い指揮能力も備えている。
《執事　ジャンジャック》
絶対的な忠誠心を持つザ・バトラー。完璧な手腕で家を切り盛りする傍《かたわ》ら、高い武力も有する。
《暗殺者　メアリ》
生まれてすぐ裏組織に誘拐され、暗殺者として育てられた少年。その美しさから女として育てられた美貌の死神。
《魔獣の箱庭》
上級邸宅セット。セット内容は、母屋、倉庫、使用人用離れ、森、家紋入り外套。
《孤児　ユミカ》

貴族の血を引くが、事情により孤児院で育つ。特殊な能力はないが、癒やし効果は抜群だ。
《シェフ　マハダビキア》
元々はある国の王宮に勤めていた料理人。王の食事に毒を盛った罪を着せられ出奔した過去を持つ。
《メイド　イリナ》
下級貴族の三女。必要最低限の教養と礼節を持ち合わせている。メイドとしては駆け出しだが、明るく前向き。
《騎士団パック》
騎兵×五十、歩兵×百、魔法使い×二十
《亡霊王　マジュラス》
二百年前に滅びた軍事国家の最後の王。周辺国家の総攻撃に遭い、父王が討ち取られ、マジュラスも戴冠直後に捕らえられ首を落とされたが、強い怨念によりこの地に留《とど》まり続けている。

説明は以上になります。お付き合いありがとうございました。
では、改めて、貴方に幸多からんことを】

第一章　転生貴族の縁談

てもらう。

流石《さすが》にベッドの上で報告を聞くのは行儀が悪いので、軽い朝食を済ませたあとに執務室に集まってもらう。


…


「今回訪れたのはカニルーニャ伯爵領でございます」

「カニルーニャって言ったら、確か国都の東側だったよな？　ここから国都を挟んで真反対か。遠かったろ」

ジャンジャックからの報告を聞くためにオドルスキにも同席するよう伝えたところ、マハダビキアは呼ばれていないのに飲み物と軽食を持って押しかけ、そのままソファーに腰を下ろしてしまった。ジャンジャックの威圧感満載の視線もどこ吹く風。逆にさっさと話を始めろよと煽《あお》り始める始末で、流石の老執事も諦めて説明を開始した。

「俺と爺《じい》さんだけならもうちょい早く帰ってこれたけど、ユミカがいたからな。無理はさせられねえ」

「ユミカさんはよく頑張ってくれました。先方との交渉も上手《うま》くまとまり、予定より三日ほど早く帰還できたのですから上出来でしょう。さて、本題ですが、レックス様。近日中にカニルーニャ伯のご令嬢と家来衆の皆様がいらっしゃる手筈《てはず》です」

へえ。いや、待って。それはお見合い的なことなのか？　それとも、もう結婚が決まったよってことか？　会ったこともないのに？　いや、もしかしたら姿絵くらい見たことあるのか？

くそっ、前の記憶がないからわからん。

教えて、コマンドさん！

【カニルーニャ伯爵家の令嬢、エイミー様との面識はありません。それどころか姿絵もありません。秘蔵っ子も秘蔵っ子らしく、社交界デビューすらしていないという徹底ぶりです。顔に火傷痕《やけど》があるとか、信じられないほどの巨漢であるとか様々な噂《うわさ》が立っていますが、どれも噂の域を出ません】

おお……。

【ちなみにですが。レックス様自身、魔獣討伐にしか興味のないバーサーカーだというのが専らの評価です】

大丈夫かそいつ。いや、そいつって僕自身なんだけどさ。よくそんなのでもジャンジャックが捌《さば》かないといけないくらい縁談の話が続々と舞い込んでくるな。それだけヘッセリンク家が魅力的ってことか。

【むしろ縁談の話は少ないくらいです。貴族同士の結婚に愛など存在しませんので、一定の地位に座るヘッセリンク伯爵家ともなれば、今より多くの縁談が舞い込んでもおかしくありません。オーレナングは危険な場所ですが、基本的に奥方は国都の屋敷に留め置かれますので、安全も確保されます。にもかかわらず縁談の数が減っているのは、レックス様ご自身が、愛がなければ結婚などしない！　と王家主催の舞踏会で持論をぶち上げたことが原因です】

大丈夫かそれ。いや、僕的にはよくやったと言いたいけど、大貴族の跡取りが愛を叫ぶとか変人扱いだったんだろうなあ。

【歴代のヘッセリンク伯もネジの緩み方が独特というのが王家の公式見解なので、そのくらいは特に問題ないかと】

それ、本当に問題ないのか？

「お館様？　いかがなさいました」

「ん？　いや、なんでもない。噂すら出回らないというのを聞いたことがあるからな。どんな方なのかと」

「メアリさん、貴方《あなた》の目から見てどうでしたか？」

「あ？　俺？　あー、そうだな。兄貴とは合うと思うぜ？　あの姉ちゃん、兄貴と同じ方向にネジが緩んでる。もちろんいい意味でだけどな」

「なんじゃそりゃ？　若様と同じ方向って」

「わかりやすく言うと、オド兄や爺さん相手に五分くらいなら生きてられる感じ？」

「あーはいはい、そっち方面で緩んでるってことね」

「ほほう、それは是非お手合わせ願いたいな」

「それだけだとただのやべえ女だけどさ。ユミカが最初っからすげえ懐いてて、向こうも楽しそうに面倒見てくれてたから悪いやつではないと思うぜ」

「概《おおむ》ね、爺めの意見も同じでございます。これまで多くの令嬢方とお会いし、そのたびにお断りしてきましたが、エイミー様は確実に当家の発展に寄与される方だと確信しております」

「ユミカが懐いてるなら問題ないんじゃない？　若様の式にはおじさん張り切って腕を振るっちゃうよ！」

「私はお館様のご判断を支持いたします。御心《おこころ》のままに」

すごい。僕が口を挟む暇もないくらいみんながＯＫを出してくる。こうなった以上、僕に断る選択肢なんて元々なかったんや！　展開の早さには追い追い慣れていくとして、今回は腹を決めるか。

「よし、ヘッセリンク家の総力を上げてカニルーニャ伯爵家の方々をお迎えしよう。マハダビキア」

「なんだい若様」

「式の前にお相手の胃袋を摑《つか》んでしまおう。期待していいな？」

美味《おい》しい料理はおもてなしの基本だ。マハダビキアの素敵な味付けと盛り付けは味覚的にも視覚的にも喜んでもらえることだろう。

「承知した！　へへっ、腕が鳴るぜ！」

「オドルスキ」

「はっ！」

「当面は毎日森に出て屋敷の近くにいる魔獣を片っ端から討伐してくれ。できるだけ先方の安全を確保したい」

屋敷の周り、森の浅層と呼ばれているらしいエリアの弱い魔獣くらいなら余裕で殲滅《せんめつ》してくれるだろう。ついでにお肉の確保もお願いします。

「お任せください。この命に替えましても、魔獣どもを屋敷に近づけさせはしません」

「メアリ」

「あいよ」

「先方が到着したらどんな細かい動きも見逃さないよう目を光らせてくれ。ないとは思うが、良からぬことを考えてる輩《やから》がいては困るからな」

「俺の得意分野だからな。任せとけよ兄貴。もし、兄貴に恥かかせるようなやつがいたら誰にも気付かれずに始末してやるさ」

そこまでは期待してない。穏便に穏便に。

「ジャンジャック」

「何なりと」

「カニルーニャ伯爵家の歓迎にかかる全権を託す。思う存分采配を振るってくれ」

「おお……！　このジャンジャック、レックス様のご期待に必ずや応えてみせますぞ！」

丸投げ成功。

しかし、エイミーちゃんが強いっていうのは相当なプラス材料じゃないだろうか。戦力はあるに越したことないし。女性は国都に避難って言ったって、それは戦う力がないからだ。もしお見合いが上手くいったら交渉してみてもいいかもしれない。

「よし、それじゃあ僕も森に出るかな」

「は？」

「マハダビキア。祝事の席にふさわしいのは何の肉かな？」

「え、ああ。そりゃあ祝いの席にとなれば竜種の肉だが」

竜種か。厳《いか》つそうだなぁ。

コマンド、僕でも勝てる竜種っているのかな？

【存在します。遭遇できるか保証しかねますが、アサルトドラゴンなどは比較的森に現れる可能性が高いかと】

脅威度は？

【個体差もありますが、平均するとBといったところでしょうか】

いける。早速午後から竜狩り、行ってみようか。と、その前にユミカの話を聞く約束をしてたな。お茶でも飲みながら、可愛《かわい》い天使のお話を聞こうじゃありませんか。

どうやら物欲センサーというものはこの世界にも存在するらしく、初日から数日間竜種と巡り合うことすらできず坊主が続いた。

家来衆からは、竜種なんて危険な魔獣をそう簡単に見つけられても困ると言われたけど、第一印象を良くするために竜種を諦めるわけにはいかない。

この日は森の中層を越え、より脅威度の高い魔獣が棲《す》む深層に足を延ばした。

お供は、カニルーニャへの遠征の疲れを癒やすために与えた休暇から復帰したメアリ。

「おいで、ドラゴンゾンビ！」

空からどーん！　と舞い降りてきたのは東洋の龍《りゅう》の形をした、デカイ骨格模型。

ゾンビなのに肉はついてないんだな。こう、腐った肉とかが半端についてるのかと思ったけど、綺麗《きれい》な白骨だ。サイズ感はゴリ丸と同じくらい。

【骨になってなお生き続ける極悪龍。脅威度A、ドラゴンゾンビ】

「極悪龍って響き、素敵だな。よし、締め上げろドラゾン！」

【名付けを確認。以降、ドラゴンゾンビの召喚は、個体名ドラゾンに固定されます】

ゴリ丸もそうだけど、巨体の割に動きが速い。僕らをエサにしようと襲いかかってきたマッドマッドベアの番《つがい》を、あっという間に二頭まとめて締め上げた。そして聞こえてくる何か硬いものが折れる音。ドラゾンが拘束を解くと、熊達《たち》は力なく地面に倒れ込んだ。

「上級召喚士になる前の数に物言わせる感じも大概化け物だったけど。何？　世界征服でも企《たくら》んでんの？」

お供としてついてきたメアリが、大振りな刃物で器用に熊の胸を切り開いて生命石を摘出してくれる。

「流石に器用なものだな。僕も手伝った方がいいか？」

「こういう仕事は俺みたいな従者に任せてればいいんだよ、っと。ほい、まあまあじゃね？」

初めて手に入れたものよりだいぶ小ぶりだけどこれも大事な資産だからな。コマンド、保管しといて。

【御意】

「うお、本当に消せるんだな。オド兄がまた気持ち悪い感じで褒めてたぜ？　お館様は底が見えぬ！ってさ」

綺麗な顔で悪い笑みを浮かべてるよ。この生意気な弟感がオドルスキ達からしたら可愛いんだろうな。僕から見ても可愛い。メアリとユミカが揃《そろ》ってると目に優しくて癒やされます。

「どうしたんだよ兄貴。そんな惚《ほう》けた顔してっと、また締まりがねえって爺さんにどやされるぜ？」

こいつは口を開くと一気に癒やし感がなくなるけど。うちのマスコットNo.1はユミカで決まりだ。帰ったら抱っこして撫《な》でよう。

「にしても流石にそう簡単に竜種には出会えないものだな。カニルーニャの方々は相応の人数でお越しになるだろうからできる限り肉を用意しておきたいところだ」

「普通は死んでも出遭いたくないのが竜種なんだけど、兄貴にとってはただの高級食材か。どうする？　もうちょい奥まで入った方が見つかる可能性は上がると思うけど」

「そうだな……そろそろ結果を出したいところだが、無理をしても仕方ない。もう少し進んで逢《あ》えないようなら帰宅しよう」

「理性的な判断に感謝、ってね。大型が増えてくると俺が戦力になれねえから」

暗殺者という位置づけのメアリ。確かにさっきのマッドマッドベアくらいのサイズになればメアリの持ってる刃物では通らない。でもそれ以下のサイズ、特に小型の魔獣には無類の強さを発揮することがわかった。

急所を一撃ですよ。気配消す、近づく、でかい刃物を急所に突き込む。基本この繰り返し。何が怖いって、なんだかんだ表情豊かな少年なのに獲物を見つけた途端スッ、て表情なくすとこだよ。で、獲物が動かなくなったら満面の笑みを浮かべちゃったりして。

「でかい相手は兄貴の独壇場だし、基本的に一方的な嬲《なぶ》り殺《ごろ》しだから安全なんだけどさ。やっぱ守られるだけってのは男としてどうなん？　って」

へへって笑いながら男としてのプライドを語るとことかくっそ可愛いけど、腰に提げた刃物は血《ち》塗《まみ》れだから。

「得意分野の違いだ。逆に僕は小回りの利く魔獣が苦手だからな」

一応召喚術以外の魔法も使えるらしいレックス・ヘッセリンクだけど、得意分野は対大型魔獣や殲滅戦になる。

できればそれ以外はみんなにお任せしたい。

「今回のカニルーニャ御一行の中に良からぬことを考えている輩がいても一人では対応しきれない。まさか屋敷でゴリ丸とドラゾンを喚《よ》び出すわけにはいかないだろう？」

「頼むから絶対やるなよ？　アリス姉さん達が壊された屋敷の瓦礫《がれき》で死ぬから。そもそも俺とオド兄と爺さんがいる場で暴れられる人間なんていねえよ。普通はな」

「何やら含むじゃないか」

「今回は普通じゃねえのがいるから。兄貴の嫁候補のエイミー？　あれはやべえ。現役時代に狙えって言われても多分無傷じゃ仕留めきれなかったな」

「それは負傷覚悟なら仕留められたということかな？」

「現場復帰できねえ傷の覚悟な。ま、それはあくまでも俺一人でだけど。爺さんと二人なら悪くても軽傷ですむし、オド兄までいれば完封よ」

「なら最大限落ち着いて縁談に臨ませてもらうとしよう。期待しているぞ、メアリ」

「御意……、はっ、オド兄に言葉遣い直せって言われてっけど、やっぱ慣れねえわ」

いいよ無理しなくて。武人キャラは飽和してる。暗殺者で女として育てられたっていうバックボーンだけで十分やっていけるさ。

「後ろ向きな会話はここまでにしよう。今回の縁談は我が家の発展に寄与する可能性が十二分にある、とてもいい話だ。僕はメアリにそこまで言わせるエイミー嬢をぜひこの屋敷に留め置きたいと思っている」

「へー。いいんじゃね？　戦力としては最上級。普通にしてたらただの気のいい姉ちゃんだったし。案外上手くいくかもよ」

「だといいがな」

本当にそうなってほしいよ。

別に面食いなわけじゃないし、なんとなく貴族様の結婚が色恋じゃないイメージはあるけど、そこは僕も人間なので合う合わないはあるわけで。外面がいいだけで深掘りしたらやべえやつなんてざらにいるからな。もちろん向こうが僕を気にいるかっていうのも大事だけどね？　ご機嫌を取るためにも珍しい竜種の肉を手に入れたいところだ、が。

【レックス様。お気付きですか？】

やっぱり何かいるよね？　マッドマッドベアとかその辺のクラスじゃないやつが。

【ご明察。来ます】

もっと情報を、って本当に来た！　なんだ、でかい蜥蜴《とかげ》？　あ、これが竜種か!!

【脅威度A、マッデストサラマンド。竜種の中でも中位より上に属する魔獣です。飛行能力はありませんが、素早い動きと炎のブレスで獲物を仕留めます。当然耐久性も特級です】

全身を覆う赤黒い鱗《うろこ》とだらしなく垂れた長い舌、あとは定期的に背中から吹き上がる炎が特徴のマッデストサラマンド。サイズはゴリ丸やドラゾンより一回り小さい感じか。暴れ熊なんか比にならないくらい威圧感があるね。

「メアリ！」

「ああ、こいつはやべえな。悪いけど俺は足手まといだわ」

「そんなことはどうでもいい。こいつは食えると思うか？」

「は？」

「見た目は微妙だが、意外と肉は美味《うま》い可能性があるからな……」

コマンドさんコマンドさん。こいつが美味しく食えるか教えておーくれ。

【超！　絶！　美味《びみ》！　竜種はその脅威度から一様に流通量が極めて少量ですが、そのなかでもこのマッデストサラマンドのそれは美味とされています。肉は焼く前から熱を持ち、新鮮なものなら生でも。いえ、この種の最も美味い調理法は生を薄切りにしたものだと断言します】

素晴らしい熱量だ。鳥の刺身とか牛の刺身とか美味いもんね。わかるよ。肝が美味けりゃなお良しってか？

【レックス様とはわかり合えると、そう確信いたしました】

だよねー。僕もそう思った。逃さんぞ、竜肉！

「おいで！　ゴリ丸、ドラゾン!!」

空から降る二体の巨大な魔獣。

双頭四腕の威容、大魔猿のゴリ丸。

かたや、純白の硬質な骨のみで形作られた竜、ドラゴンゾンビのドラゾン。

同時に喚び出すのは初めてだけど、身体《からだ》から抜ける魔力の量が桁違いで結構しんどい。

初対面の二頭は一瞬見合ったあと、何かが通じ合ったのかゴリ丸が蜥蜴の頭側、ドラゾンが迂回《うかい》して尻尾《しっぽ》側に回り込む。

仲良しなことはいいことだ。

「いやあ、壮観だな」

「おい、まじかよ！　普通逃げる一択だろうが、この変人伯爵！　くそっ、危険手当上乗せしろよ！」

ＯＫ ＯＫ。上乗せしたあと暴言分差し引いておきますね。

さあ、蜥蜴からしたら前門のゴリ丸、後門のドラゾンだ。流石に脅威度Ａだからな。この世界素人《しろうと》の僕が手を抜ける状況じゃない。

「襲え!!」

火を吹き巨体を揺らして暴れる蜥蜴に対して、体毛を焦がしながらもそんなこと歯牙にもかけず四本の腕でひたすら殴打を繰り返すゴリ丸と、竜に火が効くわけないだろ？　とばかりに太い骨で締め上げるドラゾン。

「そうだ、いいぞ！　さあ、トドメだ！」

テンションＭＡＸの僕に呼応し、それぞれが一段階ギアを上げたように見えた。事実、蜥蜴が動きを止めるまでそう時間は掛からなかった。いびつにねじれた胴体と元の形がわからない頭部。

ゴリ丸から生命石と蜥蜴肉の一番いい部位をもらい、その他は二頭に食べて良しと許可を出す。

彼らとつながっているからなのかな。食べていいよと伝えた瞬間、ものすごい勢いでテンションが上がるのを感じた。

よしよし、いいんだぞ。たくさん食べなさい。はっはっは、よーしよしよし。ハグはやめなさい痛いから。

「完封かよ……くそっ、こんな化け物に追いつくの無理じゃねえ？」

お、メアリも無事っぽいな。結構暴れ回ったから巻き込まれてやしないかと心配だったけど。あの綺麗な顔に傷でもついたら大変だ。男だけど。

「メアリ、怪我《けが》はないか？　お前が怪我をするとアリスやユミカがうるさいからな」

「お陰様で無傷だよ。精神的には深い傷を負った気がしないでもないがね。はあー、道のりは果てしなく遠いわ」

なんだかブツブツ言ってるが、前世なら思春期くらいの世代だからな。おじさんが踏み込みすぎると嫌われてしまうかもしれない。それだけは嫌だ。従者の少年にうざがられるとか耐えられません。

「詳しくは聞かないが、何かあるなら手遅れになる前に話してくれ。僕はメアリの味方だからな」

「ちっ、相変わらず人誑《たら》しかよ」

えー、芳《かんば》しくない反応。これ以上は傷が広がりかねないので勇気ある撤退を選択しよう。

「よし、目的のものは手に入ったし帰るか。帰りに出る魔獣は任せるぞ。流石に連戦で喚び出すのは避けたい」

「あいよ。幸い今のドタバタで軒並み奥に引っ込んだみたいだ。よっぽどのやつじゃなけりゃ任せてもらっていいぜ」

「頼む。早く帰れたら今晩は竜肉の試食と洒落込《しゃれこ》もうじゃないか」

「お、話がわかるね大将。でも酒はほどほどにしとけよ？　当主が連日二日酔いなんて聞こえのいいもんじゃねえからな」

「肝に銘じておくよ」

とはいうものの、ヘッセリンク領のことなんか噂にすらならないんじゃないかな？　魔獣討伐が趣味で真の愛を叫んじゃう変人なんだろ、僕。そこに多少酒好きって加わってもたかが知れてる気がするけど。いや、縁談前には少しの瑕疵《かし》もない方がいいのか。

あー、どんな人なのかな、エイミー嬢は。イカれた強さの子供好きってくらいしか情報がないのがまた怖い。

【ロクな噂がないのはレックス様も同様では？　私の理解している範囲では、カニルーニャ家が傾きかけているからやむを得ず閣下との縁談に臨んだというようなこともございません】

どいつもこいつも酷《ひど》い言い草だな。ロクな噂がないのは僕になる前のレックス・ヘッセリンクだろ？　まあそのおかげで政略結婚的なものが避けられてきたのかもしれないけど。気付いたら愛のない嫁がいましたとか最悪だし。その点だけはよくやったぞレックス・ヘッセリンク。

【レックス・ヘッセリンクと言えば同世代のなかでは畏怖の対象です。良くも悪くも、ですが】

レックス・ヘッセリンク、やはり貴様を許すことはできないようだ。

【その力は護国卿《きょう》を継ぐに余りあるが、歴代のヘッセリンク伯爵同様扱いづらく、まかり間違ってその矛が自らに向けられれば即《すなわ》ち死を意味する、と】

いやいや、実際その力を魔獣以外に向けたことはないんだろ？　さっきの話じゃないけど街中で召喚なんてしたら大変なことになる。責任問題だよ責任問題。

【メアリの出自をお忘れで？　暗殺者組織からどうやって貴方、レックス・ヘッセリンクが彼を救い出したか】

詳しくは知らないな。

僕が知ってるのはメアリが暗殺者組織に誘拐されて、女として育てられたってことくらいだ。

【そのとおり。なぜ裏組織に所属していたはずのメアリが現在閣下の従者として仕えているのか察するに、僕の命か家族の命かを狙ってきた時に返り討ちにしたとか？　いや、流石にそれだとベタすぎるか。そうだな、レックス・ヘッセリンクが俺よりも強いやつに会いに行く的なテンションで裏組織のアジトに乗り込んで壊滅させて、そこで見つけた可愛いメアリだけは保護してきたとか？

【ベタで申し訳ありませんが、概ね両方とも正解です。正しくは、当時ご健在だったレックス様のお父様の命を狙ってオーレナングに派遣されたメアリを、オドルスキ、ジャンジャックの両名が取り押さえました。暗殺者が貴族を狙い、逆に生け捕りにされたのです。その場で拷問のうえ処刑されるのがセオリーなのですが、ここでレックス様が待ったをかけます。単独でこの屋敷に侵入したうえ、オドルスキ達を相手にして原型を保っていることを称賛し助命を進言したのです。そのうえで自らの従者として仕官させたいと】

メアリが狙ったのは父親で、それを止めたのはオドルスキとジャンジャックなのか。今のところ僕は可愛い顔の少年暗殺者を手元に置きたいとわがまま言ってる変態でしかないな。

【これには家来衆一同、考えを改められるよう具申していましたが、そこはお父上もヘッセリンクで当主を務める方。ネジの緩み具合は家来衆の予想の遥《はる》か斜め上です。ある条件を達成すればメアリの助命と士官を許すと確約します】

それが裏組織の壊滅かな？

【ご名答。乗り込んで壊滅させてこいとのご命令でした。オドルスキは最後まで供をするとごねていましたが、レックス様の説得に応じて泣く泣く見送っていましたね】

でも暗殺者がいるような裏組織なんだろ？

どこが拠点かとか、誰が構成員かとかどうやって調べたんだろうな。メアリを拷問したんでもあるまいに。

【レックス・ヘッセリンクは変人ではありましたが、それならそれなりに人が付くものです。蛇《じゃ》の道は蛇《へび》といいますか。数少ない学生時代の友人は積極的に助力し、その係累らは、あのレックス・ヘッセリンクを相手に偽情報を摑ませることなど考えられないと、自分達が持つ後ろ暗いコネクションをフル活用しました】

さっきのレックス・ヘッセリンクの矛が向いたらたまらないってやつね。本当になにやってたんだこの男は。

【貴族ではない層からは絶大な人気を誇っていらっしゃいますよ？　お優しいですからねレックス様は。学校をサボって炊き出しに参加したり、表に出せない他家の使途不明金をくすねて秘密裏に孤児院に寄付したり】

変人扱いの理由がはっきりした。貴族としては異端だったんだなこいつ。弱きを助け、強きを挫《くじ》くか。

【平民に人気のある僕、かっこいい！　というのが動機だったようです】

恥ずかしいやつだよ、レックス・ヘッセリンク！

僕じゃないけど僕だからね。僕の知らない知り合いに会った時に、あ、こいつ痛いやつだ！　って思われるんだきっと。

【話を戻します。学生時代の唯一無二の親友の手助けもあって早い段階で組織の本拠地とその首領を探し当てたレックス様は、意気揚々と乗り込みます】

親友がいることは覚えておこう。多分、ろくでもないやつだろうけど。

【その頃はまだ一般的な召喚士でしかないレックス様でしたが、その異常とも言える魔獣の使役数で名を馳《は》せていらっしゃいましたので、本拠地は様々な魔獣で溢《あふ》れかえりました。その様はまさに地獄。生きたまま簡易的な魔獣の巣に放り込まれた暗殺者達は這々《ほうほう》の体《てい》で逃げ出し、匿《かくま》われた先でレックス様に狙われたことを知ります。生きた心地がしなかったことでしょう。あの、魔人レックス・ヘッセリンクが直《じか》に組織を潰しに来たのですから】

その頃はゴリ丸やドラゾンみたいな重量級は使役してなかったのか。その頃の召喚獣は使えないんだろうなあ。少し残念だけど仕方ない。

【上級召喚士に昇格する過程で、それまで使役していた召喚獣達を生贄《いけにえ》として捧《ささ》げることが必要になります。閣下が大魔猿とドラゴンゾンビという強大な魔獣を従えているのは、それだけ大量の召喚獣を生贄に捧げた結果です】

えー、生贄にしちゃったの？　もったいない、っていう話じゃないのか。昇格に必要だったんだから。もし僕にまた昇格の機会が巡ってきて、ゴリ丸やドラゾンを生贄にしろって言われたら絶対断るけどね。その辺、この世界の人間はドライなのかな。

【召喚士が召喚獣に愛情を注ぐことはほぼありえませんが、そこはレックス・ヘッセリンク。この世の終わりとばかりに号泣し、昇格などするものかと神を呪い殺さんばかりの形相でした。結果的にレックス様が転生されたことでなし崩し的に昇格が果たされたわけですが】

それを聞くと申し訳ない気持ちになってしまうな。僕がレックス・ヘッセリンクの人生を乗っ取った形なわけだから。きっと彼は僕を恨んでいるだろう。積極的に望んだことじゃないどころか強制的に連れてこられた身としては全面的に納得するわけにはいかないけど、それでもレックス・ヘッセリンクとして愛情を注いでた召喚獣が生贄になる一因になってしまったことは申し訳ない。

【今は貴方がレックス・ヘッセリンクです、閣下。それが事実であることをお忘れなきよう】

そうだね。今は僕がレックス・ヘッセリンク。責任を持って彼の果たすはずだった役割を引き継がないと。

『なぜ生かしたかだと？　面白いと思ったからだ。価値があると思ったからだ。同情？　あるわけないだろう。お前の過去に一片の興味もない。興味があるのはお前のこれからだ。人形が何者になれるのか、僕に見せてくれ』

ヘッセリンク伯爵家に忍び込んだ俺を待ち構えていたのは、後方支援の兄ちゃん達が遭遇したら迷わず逃げろと口を揃えた、堕《お》ちた聖騎士と鏖殺《おうさつ》将軍だった。

勝ち目が薄い中でもワンチャンあるかと思った俺の見込みが正直甘かったな。

それまで組織から与えられた情報が間違ってたことなんか一度もなかったのに、ヘッセリンク家当主の暗殺って案件だけは何から何まで予想外の連続で、結果がボコボコにされたうえ簀《す》巻《ま》きで転がされる始末だ。

殺した人数が人数だから碌《ろく》な死に方しねえとは思ってたが、まさか護国卿なんて呼ばれてるやべえ貴族に捕まって終わるとは思ってもみなかった。

あの時は、変態に捕まってオモチャにされるよりはマシかと諦めもした。

実際、生きてたっていいことなんか一つもありゃしねえんだから。

魔人レックス・ヘッセリンク。

名前くらいは知ってたよ。

曰《いわ》く、庶民の味方。曰く、貴族の怨敵。曰く、愛の伝道師。曰く、魔人。

その魔人様が、今にも首を刎《は》ねられそうな俺の命を救ってくれた。

やべえ噂しかねえから、生き残ったあとも生きた心地はしなかったけどな。召喚獣の餌にされるのか、それともまじで男娼《だんしょう》として飼われるのか。

捕まった後はいつ死のうか考えながら毎日過ごしてたな。

でも、何も起こらない。

朝飯食って、屋敷の掃除やら兵服の洗濯やらして、昼飯食って、聖騎士や鏖殺将軍と手合わせして、風呂入って、晩飯食って、寝る。こんなに穏やかな時間があったのかと思うくらい。

あの聖騎士と鏖殺将軍が俺の技術、特に足の運びを褒めてくれて、真似《まね》したくてもできないと太鼓判を押すんだぜ？

いくら情緒に欠ける俺でもグッとくるってもんさ。

ああ、楽しいなあって思う傍《そば》で、いつ魔王の沙汰があるかわからない生活が続いた。

ついに耐えきれなくなった俺は鏖殺将軍に訊《たず》ねた。レックス・ヘッセリンクは俺をどうする気だと。俺の命を救って以降、姿さえ見せないのはなぜだと。

隠すことでもなかったんだろう。鏖殺将軍は晩飯のメニューでも答えるような気軽さでこう言った。

『貴方の古巣を壊しに行かれましたよ？　可哀想《かわいそう》に。さて、何人生き残ることやら』

子が魔人なら親も同類だった。

俺の命を救いたければ一人で組織の本拠地に乗り込んで壊滅させてこい？

流石に無理だ。国中に張り巡らされた情報網と人を殺すことに特化しすぎた手練《てだ》れを相手に一人で立ち向かうなんて。

鏖殺将軍の胸ぐらを掴んで早く助けに行くよう叫んださ。

そんな純粋な時期があったなあなんて今なら笑っちまうけど、あの時は本気だったんだよ。

結果、俺を育てた組織はレックス・ヘッセリンクに狙われて壊滅。鏖殺将軍曰く、生き残った構成員も散り散りになって地下に潜って息を潜めて動かないらしい。

レックス・ヘッセリンクという名の化け物一人の活躍で、レプミアの闇が一つ永遠に取り払われた。

これまで人生の大部分を占めてた組織があっけなく消えたことで不思議と何もする気が起きなくなったのは、恨みながらもどこかでその一員だったことを誇りに思ってたからなのかもしれない。

そんな、拠《よ》り所《どころ》を失って空っぽになった俺に、堕ちた聖騎士様が頻繁に声をかけてくれるようになった。

後で聞いたら、似たような境遇だった自分を重ねて、見るに見かねたらしい。

「私やお前は、ヘッセリンクのお眼鏡《めがね》に適《かな》った者同士。そういう意味では私達は歳《とし》の離れた兄弟のようなものだな」

普段は笑顔なんて欠片《かけら》も見せない堅物の極みのような聖騎士が、ヘッセリンク家のことを語る時だけ笑顔を見せた。

まあ、やべえ噂に関しては主人に勝るとも劣らない危険人物が心酔してるとこがまたヘッセリンクっていう家のヤバさを物語ってる気がして寒気がしたもんだけど。

レックス・ヘッセリンクが組織を潰して帰ってきた時、正直どう反応すればいいか迷った。

組織に感謝なんか小指の爪の先ほどもねえ。かといって、全員を恨んでたかというと少数だけどいいやつがいたのも事実だ。俺みたいに攫《さら》われたのもたくさんいた。

そんな事情関係ねえのはわかってるけど、そんなやつらも無差別にやられたことを思うと素直に屈服する気にはなれなかった。

「人を無差別大量殺人犯みたいに言うのはやめろ。情状酌量の余地がある構成員は生かしてあるさ。

それがお前の言ういいやつと一致するかは知らないがな。確認するか？」

食ってかかった俺に投げつけられたのは分厚い紙の束。

こいつ、こいつも、こいつも。

俺の母ちゃん代わりのアデルおばちゃん、食堂でいつも多めに食わせてくれたビーダーのおっちゃん、同い年で攫われて暗殺を強制させられてたクーデル……。

俺が死なないでほしいと思ってたやつらの情報が載った紙だった。

「魔人なんて呼ばれているが、僕にも理性はある。ちゃんと考えて事を起こしているんだよ。まあ、少なくない数を討ち漏らしたが、正すべきはいずれ正すさ」

なんだこの懐の広さは。人の心なんか持ってないんじゃなかったのかよ。

ふざけんな、こっち側の人間のはずだろお前だって！

「なんだ、涙を流す情緒があるのか。いいじゃないか。人形じみた顔よりも泣き顔の方がよほど美しい。メアリ、これからお前は僕の家族だ。お前の敵は僕の敵と同義。まあ、堅苦しく思う必要はない。僕のことは歳の離れた兄くらいに思ってくれて構わないぞ」

歳の離れた兄弟って、聖騎士とおんなじ台詞《せりふ》じゃねえかって笑っちまった。

これが、俺が名もない暗殺者からヘッセリンク伯爵家の従者メアリとして生まれ変わった瞬間で、兄貴、レックス・ヘッセリンクに生涯の忠誠を誓った瞬間だった。

「兄貴？　おい、聞いてんのか!?」

メアリが目の前で手を振っている。おっと、コマンドと話し込みすぎたみたいだ。

裏組織との顛末《てんまつ》を要約すると、レックス・ヘッセリンクが組織の本拠地を召喚獣全開で急襲。散り散りに逃げ出した構成員もレックス・ヘッセリンクに目をつけられることを恐れて地下に潜ったままこれまで派手な動きは見せておらず、ヘッセリンク家に保護されたメアリを奪い返そうという動きも一切なかった、ということだね。

「すまない。ちょっと昔のことを思い出していたんだ」

「昔のこと？　変人伯爵殿が過去に想《おも》いを馳せることなんてあるのかよ。本当に明日は雪だな。アリス姉さんに冬物出してもらわねえと」

「ほう、言うじゃないか。しかし、雇用主にそんな口を聞いていると、どんな目に遭うかわからないぞ？」

「お？　お優しい閣下がどんな罰を与えるっていうんだ？　逆に興味あるぜ」

「減俸だ」

「みみっちいけど地味に痛《いて》え！　冗談だよ冗談。俺は兄貴のことを心の底から尊敬してるっつうの。

で？　このクソみたいな危険地帯で惚けるようなことってなんだよ」

確かに。領地内とはいえ、ここにはさっきの蜥蜴みたいなやつらがうろついてる危険地帯だった。自分ちの庭で命の危険に晒《さら》されるとか普通じゃないが、現実としてそれが起こり得るからなここは。しかしコマンドと話してるとどうしても無防備になるからなあ。

「メアリがいた組織に攻め込んだ時のことを少し思い出したのさ」

「今思い出すのはおかしいだろ」

仰《おっしゃ》るとおりです。でも大事なことだからね。屋敷に帰ったら、メアリだけじゃなくて家来衆のバックボーンも可能な限り確認しておこう。オドルスキとかジャンジャックとかなんだか複雑そうだし。ユミカだって貴族の出らしいからな。妙なイベントが起きても対応できるようにしておかないと。

あ、そういえばまだ亡霊王様が行方《ゆくえ》不明だな。どこにいるんだ。王様をどう扱えばいいか定かじゃないから当面出てこなくていいっちゃいいんだけど。

「あの頃は若かったなあと思ってな」

「余計意味わかんねえよ。まあ、『ヘッセリンクの悪夢』ったら演劇の題材にもなってるみたいだからな。主役はどの劇団も絶世の美男子が務める人気演目。貴族の嫡男にして才能溢れる召喚士が暗殺者組織を壊滅させるって筋書きらしいぜ？」

ヘッセリンクの悪夢？　嫌な響きだな。

【レックス様が裏組織を壊滅させた事件の俗称です。それまで貴族界隈《かいわい》でしか知られていなかったレックス様の特異性が、この事件を機に国中に知れ渡ることとなりました】

ヘッセリンクが裏組織のやつらに悪夢を見せた事件、略してヘッセリンクの悪夢ね、ＯＫ。演劇の題材になるなんて本当に派手にやったんだなレックス・ヘッセリンク。元々変人とか奇人が通り名なくらいだから、きっと手加減なしだったんだろうな。メアリを手に入れるためっていうのもあったのかもしれないけどさ。

僕は今後の人生、可能な限り大人しく生きていこうと思う。……無理か。そういう星の下に生まれてるっぽいし。

「演劇だと組織に捕まってた絶世の美女が手に入るんだったか。兄貴が手に入れたのは国で一番やべえやつだっていう称号だけなのにな。実情知ってると脚色がすげえよ」

「馬鹿な。絶世の美女などより、メアリという大切な弟分が手に入ったことが重要だ。魔人だなんだという称号はそのおまけでしかない」

「はいはい。小っ恥ずかしいこと言ってんじゃねえよ。とっとと帰るぞ」

照れてる照れてる。あー可愛い。本人に言ったらあの刃物がこっちを向きそうだから言わないけど。対人戦じゃ勝負にならないからね。多分数分で解体される。

「よし、帰るぞ。当面はカニルーニャ御一行の歓迎にかかりっきりになるだろうからな。今晩は無礼講だ。全員で騒ごうじゃないか」

「いいねいいね！　そうだ。ユミカが旅の間中兄貴に会いたい兄貴に会いたいってうるさかったからよ。ちゃんと構ってやれよな？」

えー、めっちゃ可愛い。いや、本当に可愛いからユミカ。トイプードルとアメリカンショートヘアを足して二で割らない感じの可愛さ。つまり最強。早く帰って肩車してやろう。いや、先に風呂に入らないと嫌われるか？　お兄様臭いとか言われたら死んでしまう。

「ふっ。いい兄貴してるじゃないかメアリ。流石のお前もあれだけ懐いてくれる可愛い妹分は甘やかさざるを得ないか？」

「うるせえよ。甘やかしてるのは屋敷の全員だろうが。しっかし、いい加減お姉様って呼ぶのやめさせねえとな……」

確かにメアリお兄様じゃなくてメアリお姉様だったたな。見た目がこれだから仕方ないと言えば仕方ないが。本当に女だとは思ってないんだよな？

「何回俺は男だって言っても頑《かたく》なにお姉様って呼びやがるんだよ。まあ、あいつも親がいねえからな。家族ってもんに変な憧れがあるのかもしれねえ」

お兄様は僕。オドルスキが父親でジャンジャックが祖父、マハダビキアが叔父で、アリスとメアリが姉。それがユミカの理想の家族なんだろう。

【私は遠い場所に住む親戚でしょうかね】

存在すら知られてないよコマンド。名も知らぬ兄の友人Aだな。

【……いつか皆さんに存在を伝えたいものですね】

ありなのかな？　神の声が聞こえるとか言えば案外いけるか？　オドルスキなら信じそうだな。ただこれが外に漏れたらさらにやばいやつ認定が進むだろう。

……今更か。


「お帰りなさいませ旦那様。ご無事で何よりです。メアリちゃんも怪我はない？　綺麗な顔に傷なんかついたらお姉ちゃん立ち直れないわ」

帰宅すると、アリスが笑顔で出迎えてくれたが、雇用主よりも弟分の方を心配するのはどうだろうか。僕もメアリの顔に傷が残るようなことになったら大慌てするかもしれないけど。それでももうちょっと僕の心配をしてくれてもいいんじゃないだろうか。

【殺しても死なないと思われていますからね、レックス様は。実際、貴族の中にはレックス様と対峙《たいじ》するくらいなら脅威度B以上の魔獣に裸で挑む方がマシだという層がいるくらいです】

いやいや、少なくとも僕と対峙しても死なないけど、魔獣相手だと確実に死んじゃうでしょ。死ぬより嫌だってことか？　本当に貴族から嫌われてるんだな僕ってやつは。

「旦那様、お風呂の用意ができておりますので汗を流されてはいかがですか？」

「ああ、そうさせてもらおうか。メアリ、お前もどうだ？」

「まあ！　ダメですよ旦那様」

一緒に風呂なんてとんでもない！　という風に目を見開くアリス。そんな顔されると何がダメなのか聞き辛《づら》いな。男同士で風呂に入るのは法に触れないだろ？　ああ、主従が一緒の湯船に浸《つ》かるのがダメなのか。

「女の子とお風呂に入りたいだなんて。カニルーニャ家の方々がいらっしゃる前に慎んでいただかないと」

「何を言ってるんだお前は」

「気にするなよ兄貴。姉さんのいつもの病気だ。ほら、目ぇ覚ませ」

ゴッ！　となかなかの音を響かせてアリスの頭を小突くメアリ。おい、手加減しなさい。鈍い音したぞ。

「あらあら。私としたことが取り乱しました。でもダメですよ？　旦那様は貴族としての自覚をお持ちください。確かにメアリちゃんは目に入れても痛くないどころか視力が上がる可能性すら秘めているくらい可愛いですが、それでも旦那様の従者でしかありません。身分の線引きは明確にせねば他の者に示しがつかないということをご理解くださいませ」

めちゃくちゃ早口。アリスがメアリを溺愛してるのはわかった。でも、あまり構いすぎると煙たがられるぞ。ほら、メアリがすごい微妙な顔してる。弟離れできてないブラコン姉の図だな。

「それに、メアリちゃんはカニルーニャ家の方々がいらっしゃる間女性として過ごしてもらう予定ですから、旦那様にも慣れていただかないと」

「そうなのか？」

「ん？　ああそうだな。爺さんの指示でこないだも女の格好でカニルーニャに入ったし。向こうも油断するだろ、その方が」

ニヤリと男臭く笑うメアリとフフフと軽やかに微笑《ほほえ》むアリス。もう家来衆の戦いは始まってたんだな。いや、何もない方がいいんだけどさ。

「そうだアリス姉さん。我らが閣下がマジで竜肉狩って持って帰ってきたからさ。おっさんは？この時間なら仕込み中？」

噂をすればなんとやら。屋敷の奥からコックコート姿のマハダビキアがいつものどこか軽い雰囲気でやって来た。普段はくたびれて見える無精髭《ひげ》が、コックコートを着た途端に百戦錬磨の料理人を演出するのに一役買っている。

「呼んだかいお嬢ちゃん？　これは若様、ご無事で何より。今日こそ竜肉は手に入りましたか？なーんて」

「ああ、ほら。マッデストサラマンドだったか。本当はアサルトドラゴンを狩る予定だったんだが見つからなくてな。生をスライスしたら美味そうなんだが、どう思う？」

「えー……マジで狩ってきたんですかい？　しかもマッデストサラマンドって。王族でもおいそれとは口にできないもんだぜ？　はああ、俺はまだ若様を理解しきれてねえってのか」

「諦めろよおっさん。この化け物を理解すんのは無理無理無理の無理。まだ魔獣の気持ちを理解する方が可能性あるんじゃね？」

こいつは学習しないな。雇用主への暴言はどうなるか？　さあ、家来衆に効果抜群の最強の呪文を唱えよう。

「げんぽ」

「はい！　俺が悪かった！　ほら、おっさん。今日は無礼講で竜肉試食会らしいぜ！　最高のやつ頼むわ！」

次失礼ぶっこいたらまじで減俸してやろうか。焦ってる顔が可愛いというのもあるのは秘密だ。

「マハダビキア、これを。なかなか流通していないものなら扱いに慣れていないかもしれないが、お前ならなんとでもなるだろう？」

「おお……まじか。いや、一度だけやったことあるんだよ。そうそう、あったけえんだよこいつの肉は。こんだけ新鮮なら刺身だな。間違いねえ。かあっ！　滾《たぎ》ってきたあ！　おう、アリス。すまないが手を貸してくれ！　急ぐぞ！」

肉の包みを捧げ持ったマハダビキアは、見たことのない速さで食堂に消えていった。普段飄々《ひょうひょう》としてるマハダビキアがあれだけテンションが上がるってことはそれだけの価値があるんだろう。ただ、僕はゴリ丸とドラゾンにおんぶに抱っこで特に苦労せず狩れたから、そこまでありがたみがないんだよなあ。

「おっさんがあの感じなら最高のもんが食えそうだな。あー、早く夜にならねえかなあ。あ、兄貴は風呂入ってゆっくりしといてくれよ。俺は汗流したらおっさんの手伝いに入るわ」

「そうさせてもらおう。ああ、オドルスキとジャンジャックにも今日は竜肉だと伝えておいてくれ」

「オド兄は捕まらねえと思うぜ？　兄貴が森で竜狩りとか言い出すから兄貴大好き脳筋騎士様も連日絶賛魔獣狩り中だ。爺さんには間違いなく伝えとくよ」


『父から話は聞いた。ようこそ、東国の聖騎士オドルスキ。故郷に対して色々思うところはあるだろうが、そうしけた顔をするな。僕とお前は主従関係にあるが、平時には兄弟のようなものだ。人生は短い。楽しくやろうじゃないか』


「はあっ！！！」

私の前に立ちはだかった四足歩行の鬼の首を断ち切りつつ、その奥に控える一回り大きな魔獣に目を向ける。

オーガウルフ。単独の脅威度はDなので慌てるような相手ではなく、メアリでも余裕を持って討伐できる魔獣だが、群れになると厄介さが跳ね上がるのが特徴だ。

私でも二十を超えるとやや面倒に感じる。

ジャンジャック様ならどうだろうかと考えそうになり、やめた。

あの生きる伝説と、祖国に裏切られ絶望に染まった結果、闇に堕ちそうになった自分を比較するなどおこがましいにもほどがある。

「ジャンジャック様はもちろん、お館様もこの程度の小物など歯牙にもかけぬのだろうな。ならば、私もそこを目指すのみ！　これ以上、置いていかれてなるものか！　待っていろ。私は、貴方がたを超える!!」

一心不乱に剣を振り、気付けば魔獣の血でドロドロになっていた。

オーガウルフ、しめて三十五匹。

もちろん私も無傷では済んでいないが、大きな傷もない。これだけ討伐すれば群れを全滅させたと思っていいだろう。

しかし、こんなに汚れたらアリス嬢に叱られるな。

普段は穏やかな女性なのに服を洗う身にもなれとすごい剣幕《けんまく》で捲《まく》し立《た》てることがある。騎士団時代にそんな女性はいなかったので、初めは面食らったものだ。

家来衆は皆同列であり、身分の差はないというのがヘッセリンク家の方針。

本来であればジャンジャック様を頂点とした指示命令系統ができて然《しか》るべきなのだが、お館様自身がそれを良しとしていない。つまり私と幼いユミカは対等な同僚ということ。

昔の傲慢だった私なら鼻で笑っていただろうが、今はその関係に居心地のよさを感じている。ユミカに義父と呼ばれることに抵抗を感じたこともあるが、今となっては間違いなく私の可愛い娘であり、あの子の笑顔を曇らせる存在がいるならば、この世から抹殺することも吝《やぶさ》かではない。

「うお！　なんだこの魔獣の細切れ。あー、オド兄、そりゃアリス姉さんに雷落とされるわ。知らねえぞ？」

そんな風に思いを馳せていると、いつの間にかメアリが私の間合いまで近づいてきていた。今や可愛い弟分だが、実態は裏組織に育てられた凄腕《すごうで》の暗殺者。恐れ多くも先代伯爵様の命を狙いヘッセリンク家に侵入した際、私とジャンジャンジャック様で捕縛したのだが、その才能は脅威だ。

十代の少年が鏖殺将軍ジャンジャックと聖騎士オドルスキを相手に抵抗し、生き残ってみせた。手前味噌《みそ》ではあるが、それは称賛されてしかるべき戦果だろう。

「なにかあったか」

「ああ、兄貴からの連絡事項だ。今晩は宴会だから早く戻れとさ」

「宴会？　珍しくもないだろうに、わざわざ伝えに来るとは」

「今日のツマミは、うちの化け物が狩った竜肉だ」

「……くそっ！」

「あ、流石のオド兄もそうなっちゃう？　そうなっちゃうよなあ。でもよ、あれを実際目の当たりにしたら眩暈《めまい》するぜ」

いつもの私なら主君を化け物呼ばわりする彼を窘《たしな》めるところだが、話の内容が衝撃的すぎてそれをすることも忘れてしまった。それどころかお館様の偉業に嫉妬する始末。

オドルスキ、この未熟者め！

「爺さんは涙ぐんで兄貴を称《たた》えてたよ。でもさ、俺らはまだ諦めきれねえよなあ」

「そう、だな。私達はまだ若い。いや、私はそうでもないが、諦めるにはまだ早い。そういうことだ」

私ももう四十路《よそじ》が見えてきた。若くはないが、さりとて老いている気はない。

ここは得難い経験と命の危険が比例する対魔獣の最前線だ。

やりようによっては、まだ強くなれる。

「ま、オド兄は早いとこアリス姉さん口説いて子供でも作れよ。俺が面倒見てやるからよ」

「なにを言っているんだメアリ別に私とアリス嬢はそういう関係ではないしそもそも我々はお館様の旗のもとに集った同志でありそこに恋だなんだというものを持ち込むべきではなくそもそも今はお館様の縁談を成功させるために皆全力を傾けるべきでありそれ以外のことに目を向けることは主家への裏切りに他ならず」

「早口！　わかったから落ち着けよ。歴戦の聖騎士殿が何でその方面だけ奥手かな。引く手数多《あまた》だったろうに」

「言うな」

この体たらくだったから国を去らなければいけなかったという側面もあるのだ。

「へいへい。ああ、そうだ。今日は無礼講らしいぜ？　そこでオド兄が誰か口説いてもお咎《とが》めなしだと思うがね」

「メアリ！」

「さ、帰ろうぜ！　生命石の剝《は》ぎ取《と》り手伝うよ。おっさんが見たことない笑顔で飯作ってるから、ありゃあ期待できる」

まったく、生意気な弟分だ。今の私に武の道を追究する以外に目を向ける余裕はない。そんなことをしていたらいつまで経《た》ってもお館様に追いつくことはできないだろう。

もうこれ以上は無理だと自分を納得させられるまで、全力で追い続ける。それが私が生きる意味だ。

……いや、もちろんアリス嬢が嫌いだとかそういう意味ではもちろんないし、むしろ好ましくは思っていると言っても過言ではないが。

「顔に出てるぜオド兄。いいね。人間臭くて俺は好きだよ」

「はあ……お前に顔色を読まれるようでは、私もまだまだだな」


その夜。食堂に集まった家来衆全員が、テーブルに並ぶマハダビキアの手掛けた竜肉料理の数々に息を呑《の》んでいた。もちろん僕も言葉を失ったうちの一人で、その美しさと香りに圧倒されてさっきからお腹《なか》が鳴りっぱなしだ。

「よし、全員揃ったな？　皆知っているように、近いうちにカニルーニャ家御令嬢《ごれいじょう》エイミー様を始め、家来衆の方々がやってくる。目的は僕とエイミー嬢の顔合わせだ。これが上手く運べば、僕とエイミー嬢の婚姻が大きく進むことになるだろう。魔人だなんだと呼ばれる僕に、所帯を持つ可能性が出てくるとはな。今日はみんなで英気を養うため、ささやかながら宴《うたげ》を催すことにした。無礼講だ。楽しくやってくれ」

マハダビキアに言わせれば、竜の肉に加え、オドルスキの狩りの成果で様々な魔獣の肉が並ぶ宴会をささやかとは呼ばないらしい。

「お兄様は魔人じゃないわ！　素敵な伯爵様よ！」

僕の挨拶を聞いたユミカが小さな拳をブンブン振りながら言うと、オドルスキが深く頷《うなず》く。

「そうだなユミカ。よく言ったぞ。お館様は素晴らしいお方なのだ。だがな？　そんなこの世の摂理たる事実すら、そこらの凡俗な貴族達には理解できないときている。それは、とても可哀想なことなのだ」

こらそこの義理の親子。特に親父《おやじ》の方は余計なこと言わない。子供が真に受けるだろうが。

ユミカも目をキラキラさせないの。本当に仲良しだなこの二人。ユミカが懐きすぎてて嫉妬してしまう。

ちなみに、この日狩りを張り切りすぎたのか血まみれで帰ってきたオドルスキは、服をダメにしたことをアリスに引くほど叱られてしょんぼりしていた。

真面目で優しい印象が強いアリスがオドルスキにだけは丁寧ながら遠慮のない態度をとっているのをよく見かける。

オドルスキも彼女には強く言い返せないのか、そのたびに困ったような表情を浮かべて必死で宥《なだ》めていて、まるで世話焼きの彼女と仕事以外ポンコツの彼氏みたいなやり取りに、恋の予感を感じてワクワクしているのは秘密だ。

「ま、近くにいる俺達だって兄貴を完全に理解するには至ってねえんだ。年に一回会うか会わないかのやつらは噂に踊らされるしかねえわな」

「メアリお姉様もお兄様が大好きだもんね！　カニルーニャに向かう時ははすごく楽しかったなあ。二人でたくさんお兄様のことをお話ししたの！」

「よしユミカ。いい子だからその話はするな。あとで飴《あめ》やるから、な？」

面白そうな話だな。今晩腕枕をしてあげるからその話を聞かせてくれるかな？　ＯＫ？　本当にいい子だ。

おいおい、メアリ。そんな恨めしそうな目で睨《にら》むのはやめてくれるかな？

あとそこの子離れできてない聖騎士よ。娘を取られた親父の顔で睨みつけるのやめろ。そんな鬼の形相、ちびるわ。

「若様、話はそれくらいで早く食ってみてくれよ！　今日の俺は神懸かってるぜ。こんなに乗るのは王宮で国中の貴族が集まる晩餐会《ばんさんかい》を任された時以来だ」

「すごいです。このお肉、生ですよね？　綺麗な桃色……。マハダビキアさんの腕が確かなことは理解していたつもりですけど、今日は本当に素晴らしいです」

「だろ？　いやー、おじさんこの歳でまだ成長する余地があったんだなって、調理しながら感動しちゃってさ。こんな素っ晴らしい食材任せてもらえて、若様には本当に感謝感激雨あられってね」

コマンドお勧めの竜の刺身にローストビーフ風、お得意のシチューに揚げ物。

僕自身涎《よだれ》が止まらないし、みんなも目を爛々《らんらん》と輝かせながら僕の合図を待っているのがわかる。

「よし、それじゃあ食べようか。これから当面の間忙しくなるからな。今日は大いに食べてくれ。お前達が僕の鎧《よろい》であり、剣だ。然るべき時に最大限の力を発揮してくれることを期待する。乾杯！」

早速刺身に手を伸ばす。というか全品僕が手をつけないとみんな食べられないんだと。面倒だからいいって言ったんだけどなかなかそうもいかないのが貴族らしい。できるだけ早く、でも最大限味わう。

なにこれ、舌の上で溶けるんだけど。甘みと温《ぬく》もりがなんとも言えない。美味すぎて言葉が出ません。

「マハダビキア」

「おう、どうだい!?」

「この味を表現するための言葉が僕の中に存在しないことを許してほしい。ただ、美味い。それだけだ」

僕の貧相な語彙でこの肉の味を表すのは無理だ。なのでストレートに美味いと言うしかないわけで。腕を振るってくれたマハダビキアには大変申し訳ない。

「くくっ、ふっ、はあっはっはー!! 何言ってやがるんだ若様。美味い。結構じゃねえか。最高の褒め言葉だぜ!」

良かった。本心が伝わってくれたみたいだ。いや、本当に美味いんだよ。口の中で溶けるが比喩じゃなく実際に起きたことで身体が驚いてる。

「僕が全品手をつけないと皆食べることができないという決まりがあるのはわかっているが、早くみんなに味わってほしい。伝えていたとおり、今日は無礼講だ! さ、食べなさい。ほら、ユミカ。あーんだ」

「お義父《とう》様?」

僕がユミカの口元に肉を差し出すと、肉と僕の間で視線を彷徨《さまよ》わせ、結果オドルスキに判断を丸投げする。賢い子だ。

「……いただきなさい。その代わり、私が食べさせてあげよう」

お、僕の可愛い妹に肉をあげる権利を横取りするつもりか? あ? 普段はお館様命のくせにすごい形相でメンチ切ってくるじゃないですかヤダー。

上等だダメ親父め。ユミカがどっちに懐いてるか勝負だこの野郎。

「ほら、ダメな大人は放っといて。あーんしろあーん」

くっ、伏兵か！　ダメな大人こと僕とオドルスキが睨み合ってる隙にメアリがユミカの小さな口に合うようカットした刺身を押し込む。ほら、オドルスキが絶望してるじゃないか。

「美味しい。美味しいわ叔父様！　すごいすごい！　叔父様はお料理の神様なの!?」

あー和む。ジャンジャックまで目尻下がりきってるよ。褒められたマハダビキアも満面の笑みだ。子供は正直だからね。ほら、機嫌直せよオドルスキ。本当にユミカが絡むとダメな親父化するのな。

第二章　転生貴族と花嫁候補御一行

慌ただしい日々が過ぎ、あっという間にカニルーニャ家御一行が到着する日を迎える。

慌ただしいとは言っても、それはうちの家来衆がそうだっただけで僕自身は特にすることもなく、森で召喚獣とのコミュニケーションを図ることに時間を費やしていた。

あと、強いて言えば歓迎の宴《うたげ》の際に着る服について、アリスと一悶着《ひともんちゃく》あったくらいか。

赤、黄、金などのどう考えても派手すぎる色味の布地を押し付けてくるアリスに、黒、白、灰、銀の服がいいと主張する僕。派手な色味の服は上級貴族しか身につけることが許されない色であり、それを纏《まと》うことでカニルーニャ側におもてなしの意を表すべきだと連日の説得を受けたが、そこは僕も譲らない。

相手も伯爵家だし、上級貴族だから。同格相手にうちは上級貴族でございます！　ってアピールするのって逆効果だと思うんだよなあ。金持ちが金持ち相手に『俺は金持ちだ！』って言うのと同じ理屈でしょ？　それよりも僕達《たち》が意外と慎《つつ》ましく生きてることを伝えるべく、地味な服で応対する方が好感度が上がるはずだ。

……などと言っていましたが、僕はここ最近、毎日真っ赤な布地に黄色や橙《だいだい》で縁取りをしたピエロみたいな服を着て過ごしています。原因の一つは金持ちが金持ちだと主張して何が悪いの？　という世界観ギャップが埋められなかったこと。

金持ちは金持ちというステータスであり、上級貴族は上級貴族というステータス。だからそれを誇ることはなんら恥ずべきことじゃないということだ。

もちろんそれを笠《かさ》に着て横暴を働けば眉を顰《ひそ》められる結果になるけど、こと縁談においてはアピールの一つなので相手にもわかりやすく、喜ばれるだろうということだった。

それに加えて転生初日にした約束を持ち出されてしまい、敢《あ》えなく白旗を上げることになった。

そう、人前に出る時のコーディネートを任せるという約束だ。言ったよ、確かに言った。だって目覚めてすぐこんな服着たくないし、そりゃあ先送りするだろうさ。まさかこんなにすぐ約束を履行することになるなんて思わないじゃないか。

恨むぞ過去の僕よ。お前が先送りした難は、将来というにはあまりにも短いスパンでお前を苦しめることになった。

「お似合いです旦那様。差し色の橙が映えますわ。その服をお召しになった旦那様をご覧になれば、エイミー様も一目で恋に落ちること間違いありません」

「お兄様かっこいい！　ねえ、お仕事終わったらそのお洋服を着て遊んでくださる？」

「あー、まあいいんじゃね？　ほら、着飾れるっつうのも貴族の特権ってやつだし。俺？　貴族にしてくれるっつってもそんな目立つもん着るのはゴメン被るわ」

「流石《さすが》はお館様。上級貴族の色をそこまで完璧に、上品に着こなすとは。感服いたしました」

「うお！　びっくりしたあ。ああ、縁談のための服ですかい？　そういや王宮のやつらもキンキラキンキラしたやつ着てやがりましたね。縁談の間だけですし、頑張ってくださいな」

「服など飾りでございます。レックス様の心持ち次第で見る目も変わるでしょう。背を丸めていては服に負けてしまいますぞ？」

三勝二敗一分ってところだろうか。

でもこの家の人達は基本僕に肯定的だからこの戦績は当てにならない。特にオドルスキとユミカは僕が何したって肯定する気配がある。

が、しかし。もう決まってしまったことを嘆いても仕方ない。仕方ないと思わないとやってられないというのが本音だけど、少しでも慣れるべく、この日まで欠かさず派手すぎる服を着て過ごす毎日を送った。


「お館様。兵がカニルーニャ家一行を目視いたしました。数は約二十。予想の範囲内の人数といったところですな。最低限の武装が見られるようですが、それは我々というより、万が一魔獣が現れた時のための備えといった様子です」

「ああ。時間もジャンジャックの予想どおり、か。流石だな。オドルスキ。兵士達にカニルーニャ家が門を潜《くぐ》り次第、屋敷を取り囲むよう伝達。蟻《あり》一匹通すなと伝えてくれ」

「はっ！」

あんまり気にしてなかったけど、騎士団の兵士達は普段、屋敷に併設された詰所に常駐しているらしい。先日覗《のぞ》きに行ったら運動場みたいな場所で一心不乱に訓練を行っていた。

ジャンジャック曰《いわ》く練度は高いらしいので屋敷の守りを指示しておく。いくらオドルスキやメアリが強くても、一人でカバーできる範囲は知れてるからね。ちなみに彼らにも先日の竜肉はしっかりと行き届いている。

「旦那様、カニルーニャ家御一行が到着なさいました。玄関ホールにお願いいたします」

「ああ、わかった。すぐに行こう」

さて、この派手な服を見てどんなリアクションをされるか心配だけど、男は度胸だ。

今日僕についてくれる予定の二人に改めて声をかける。

「ジャンジャック、メアリ。頼むぞ」

「御意」

「かしこまりました」

うん、すごい違和感。

なにがって？　メアリですよ。

普段は口の悪い美少年なのに、この日が近づくにつれてどんどん美少女が完成していった。今朝、髪を結って軽く化粧をした彼を見て鳥肌が立った。どこのアイドルだお前は。顔だけじゃなくて挙動や言葉遣いも完璧に女子だし、普段低めの声もハスキーで通るとこまで調整されている。

「どうされました？　ご主人様」

「いや、早く元のメアリに戻ってほしいからさっさと終わらそうと思ってな」

「まあ！　ふふっ。余計なこと考えずにやることやってくれりゃあ結構ですよ。頼むぜ兄貴」

混ざってる混ざってる。その顔と声で地を出すな混乱するから。

ほらジャンジャックが睨《にら》んでるしアリスも怖い顔してるぞ。ユミカだけは小さな拳を握り締めてお姉様頑張ってって応援しているのが癒やしだ。

「さあ、行こうか。まあ命のやり取りというわけでもない。あまり緊張しすぎないように。アリスは先に玄関ホールへ。何か用件があれば聞いておいてくれ」

「承知いたしました」

さて、エイミーちゃんと初顔合わせだ。


僕が玄関ホールに着くと、報告を受けたとおり二十人程度の集団が整列していた。先頭には禿頭《とくとう》と白い顎髭《あごひげ》が目を引く老人。ざっと見たところ女性は一人もいない。

僕が現れたのに気付いた老人が恭しく頭を下げる。

「カニルーニャ伯爵家にて家宰を務めております、ハメスロットと申します。以後お見知りおきくださいませ。ヘッセリンク伯爵様におかれましてはこのような貴重なお時間をいただき」

「ああ、そのような前置きは不要だハメスロット殿。それで？　見たところ、エイミー嬢がご不在のようだが、理由を教えてくれるかな？」

カニルーニャ家一行がやって来た。予定ではこの後に顔合わせがてら軽く懇談して晩餐会《ばんさんかい》という段取りだったはずだけど、なぜか肝心のエイミー嬢がいない。どういうこと？

「お嬢様は長旅の疲れが出たようで……申し訳ございませんが、準備していただいた部屋で先に休ませていただいております。ご容赦ください」

控えていたアリスが軽く頷《うなず》いた。

疲れ、ねえ。そんなキャラだったか？　報告じゃオドルスキ相手に生き残れるレベルで屈強っていう話じゃなかった？

「……そうか。なら仕方ない。無理はさせられないし、晩餐会も延期しようか？」

「いえいえ！　それには及びません。少し休めば持ち直すと仰《おっしゃ》っていましたので。問題ございませんとも」

「ジャンジャック」

「こちらとしても問題はないかと。晩餐会と顔合わせを兼ねてということでいかがですかな？」

マハダビキアの段取りに影響がないなら僕は一向に構わないけどね。今日に向けて相当気合いが入ってたから、やる気を削《そ》ぐようなことはしたくない。部下のモチベーション管理は風通しの良い職場づくりの基本だ。

「ありがとうございます。お嬢様も安心されるでしょう。着いて早々の無礼を嘆いていらっしゃいましたので」

「身体《からだ》を壊しては本末転倒だからな。時間までゆっくりされるよう伝えてくれ。家来衆の方々もささやかではあるが軽食と茶を用意している。疲れを癒やしてくれ」

「重ね重ねのお心遣い、感謝いたします。では、これにて」

「メアリ、皆さんを案内するように」

「畏まりました。では、参りましょう」

メアリがカニルーニャの家来衆を引き連れて階上に消えていく。エイミー嬢も含めて屋敷の二階にある来客用フロアに寝泊まりしてもらう。なんでこの屋敷は無駄に部屋が余ってんのかね。雑魚《ざこ》寝《ね》可能な大部屋とか何を想定してるのか誰か説明してほしいもんだ。

【説明いたしましょうか？】

いや、とりあえず大丈夫です。

【そうですか……何かあればお声掛けください】

頼りにしてるよ。

それより今はカニルーニャの皆さんについてだ。部屋に戻って早速ジャンジャックと擦り合わせを行う。

「さて、どう思う？　エイミー嬢だが、ジャンジャック達が訪問した時の印象とズレがあるな。長旅の疲れが出て休息が必要になるお嬢さんだったか?」

「ふむ。答えは否、でございます」

「となると、病気でも患ってるか。それとも何か企《たくら》んでいる? いや、まさかな。縁談と偽って遠路遥々《はるばる》こんな僻地《へきち》までやって来て、同じ伯爵家同士でどんぱちやらかすつもりなんかないだろう。わざわざうちのような旨味《うまみ》の少ない領地を狙うか?」

旨味があるのは僕やオドルスキみたいな人種がいてコンスタントに魔獣を狩れるからであって、そうでもなければ毎日命の危険に怯《おび》えながら屋敷に籠もるしかない。

そうこうするうちに税金を払えと国にせっつかれるハメになる。改めて考えると酷《ひど》い領地だな、ここ。

「家宰のハメスロットさんのことは昔から知っておりますが、忠臣を絵に描いたような男でございます。滅多《めった》なことはしないと思いますが、さてさて」

「念のためにマハダビキアに軽いものも作っておいてもらうか。病気なら晩餐会用の料理を口にするのは厳しいだろう」

「御意。早速伝えてまいります」

ジャンジャックが出ていくのと入れ替わりにメアリが戻ってきた。人の目を警戒して侍女モードのままだ。

「失礼いたします。カニルーニャ家の皆様を部屋に案内してまいりました」

「ご苦労様。僕しかいないから力を抜いていいぞ。で？　どうだった」

それまで完璧な美少女だったものが、ふっと力を抜いたように見えた次の瞬間には、見慣れた柄の悪い美少年に戻る。

「家来衆の方は特に何も。絵に描いたような質実剛健の士って感じ。多少色目使ってくる輩《やから》がいるかと思ったけど全然だったな。ついでに嫁さんの部屋も覗いてきたけど、こっちは問題あり。疲れてるは完璧に嘘《うそ》」

「なぜわかる？」

「信じられねえ勢いで飯食ってやがったぜ？　侍女が両手で抱えるくらい馬鹿でかいバスケットの中にパンパンに詰まったサンドイッチをすげえ勢いで胃袋に収めてた」

えー。なんだろ、逆に興味湧くんだけど。

「おう変人伯爵。興味津々って顔してんじゃねえぞ」

「失敬。体調を崩しているならと、気を遣ってマハダビキアに軽い食事を作るよう指示したのは無駄だったかな？」

「あ、それ俺がもらうわ。最近おっさんの試作に付き合って重たいもんばっかだったからな。スープとかサラダとか粥《かゆ》とかが食いてぇんだよ」

いくらマハダビキアの腕が確かでも、パーティー料理だから味付けも濃いものが多い。我が家の家来衆は若い男がメアリしかいないから自然と試食役は彼に固定されたんだよな。アリスは太るからと固辞してるし、オドルスキとジャンジャックはそんなに食えないと拒否。ユミカはそもそも子供だ。

「好きにしろ。さて、どうするか。体調不良でないのであればそれに越したことはないが……いや、考えても仕方ないか。メアリ、念のために、警戒を強めるようジャンジャックとオドルスキに伝えろ。あと、ユミカをここに連れてきてくれ」

「ユミカ？　何考えてんだよ兄貴」

「うちの可愛《かわい》い妹によからぬことをする輩がいないとも限らないからな。僕の側《そば》に置いておく。アリスにはオドルスキを付ける。マハダビキアは、なんとかなるだろう」

「男には冷てえのな。俺がついておくよ」

「それは頼もしい。では頼む。何も起きないことを神に祈ろうか」


「お兄様！　エイミー様はどうされたの？　早くお会いしたいわ。とっても優しくて笑顔の素敵な方なのよ！　楽しみだわ。お姉様が一人増えるなんてユミカは幸せ！」

メアリに連れられて部屋に入ってきたユミカが頰《ほお》を上気させて僕に抱きついてくる。甘えん坊さんめ。

「落ち着きなさいユミカ。エイミー嬢はどうやら長旅の疲れが出たみたいでね。今は部屋で休んでいらっしゃる。晩餐会には出席してくれるらしいから、もう少ししたら会えるさ」

メアリの報告では晩飯食べられるの？　ってくらいの勢いで食事してたらしいけど、今のところ晩餐会を欠席するという連絡は来ていない。

「まあ！　そうなのね。お見舞いに行った方がいいかな。あのね、カニルーニャにお邪魔した時にすごく仲良くなったのよ！　抱きしめて頭を撫《な》でてくれたの。甘いものも一緒に食べて、お風呂にも入ったわ」

僕の中でエイミー嬢の人物像がブレにブレまくる。

オドルスキ相手に生き延びれる力があるけど優しくて、でもなぜか縁談に来て顔合わせもせず爆食いしているらしい。

考えれば考えるほどわからなくなるけど、ユミカのような純粋で天使の生まれ変わりに違いない存在と仲良くなれるなら、きっと悪い人物じゃないはずだ。

「そうかそうか。僕からも可愛い妹に優しくしてくれたことにお礼を言わないといけないな。だけどお見舞いはやめておこう。今はゆっくりさせてあげた方がいいからね。じゃないと、エイミー嬢はマハダビキアの最高の料理が食べられなくなってしまうぞ？」

「あ！　そうね、そうね。叔父様の料理は食べてほしいわ。でも心配……」

「ユミカは優しいな。そんないい子にお兄様からプレゼントだ」

こんな時のためにマハダビキアに作らせた真っ赤な飴玉《あめだま》を取り出す。森になる果実の甘酸っぱい果汁が原料だ。ユミカに渡すためにしこたま作らせたこれで、オドルスキに差をつける。

「わあ！　綺麗《きれい》！　飴玉なの？　すごいわ！」

「オドルスキには内緒だぞ？　ユミカを甘やかすと叱られてしまうからな。僕とユミカ、二人だけの秘密だ」

「はい！」

おいおいメアリ。終始無言で冷たい視線を送ってくるんじゃないよ。寒くて凍えてしまうだろう？仕方ないじゃないか可愛いんだから。あ、飴いる？　いらない？　そうですか残念です。


「レックス様。そろそろお時間でございます」

ジャンジャックが部屋に入ってくる。ユミカと戯れて癒やされているといつの間にか時間が経過していたようだ。

「ああ、わかった。何か動きがあるかと思ったが、問題なし、と。家来衆の方々はどうだ？」

「メアリさんが定期的に覗きに行った結果、怪しい動きは一切なく、むしろ頻繁に顔を出すメアリさんを甲斐甲斐《かいがい》しく世話を焼こうとするメイドと勘違いして、感謝の言葉をかける始末だそうです」

メアリめ。いつの間にかいなくなったと思ったら仕事をこなしてくれていたらしい。働き者にはボーナスを出そう。

「警戒してるのが馬鹿らしくなるな。エイミー嬢はただ大食らいなだけで、空腹を満たし顔合わせに向けて万全を期そうとしていた、なんてことはないよな？」

「仮定の話になりますので回答致しかねますが、それならそれで喜ばしいことですな。一応警戒は緩めぬようにしておきましょう」

確かに良からぬことを企んでないならそれに越したことはないんだよなあ。個人的には小食よりはよく食べる人の方がいい。たくさん食べる君が好きってね。

ジャンジャックとユミカを引き連れて食堂に入ると、既にハメスロットと複数の人物が待機していた。女性もいるからあれがエイミー嬢だな。

さて、初顔合わせだ。蛇が出るか、鬼が出るか。

「レックス・ヘッセリンク伯爵様、この度は私達のためにこのような歓待の席を催していただき心より感謝いたします。また、先ほどは顔合わせの席に出ることができず大変申し訳ありませんでした。平にご容赦ください」

背の高い、スレンダーな女性が深々と頭を下げた。

「このような僻地まで呼びつけたのはこちらの方だ。疲れが出て当然。こちらこそもう少し余裕を持たせた予定を立てておけばよかった。許してほしい」

僕の言葉にエイミーちゃんが顔を上げる。

あら、可愛い。タヌキ顔っていうのかな？　くりくりした目が印象的な愛嬌《あいきょう》のある顔だ。

「……お優しいのですね」

「意外かな？　魔人だなんだと言われているが、平時には常識人だと自負しているよ。なあジャンジャック」

「はてさて。回答に困ってしまいますな」

はっはっは、肯定しなさいよそこは。ぼかしたらそれはもう否定でしょうよ。

「まあ、仲がよろしいのね。羨ましいわ。うちの執事長ときたら四角四面で優しさに欠けますもの。ねえハメスロット？」

「その冗談は印象を悪くしますよお嬢様」

「もう！　その反応。伯爵様、冷たいと思いませんか？」

「信頼関係があるのだなとだけ言っておこう。さて、本日の晩餐会は当家自慢の料理長マハダビキアが腕によりをかけた料理を用意してくれている。僕自身もカニルーニャ家の方々を歓待するため森に入り竜種の狩りを行った。その成果も味わっていただけるので楽しみにしていてほしい」

竜種という言葉にエイミーちゃんとハメスロットの目に光が灯《とも》った。なんだ？

「竜種、ですか？　伯爵様自ら？　まあ！　聞いた？　ハメスロット！　やはり伯爵様はすごい方だわ！」

エイミー嬢が急に間合いを詰めて僕の両手を握りしめる。満面の笑みだ。おお……可愛いです。

だめだ、頑張れレックス・ヘッセリンク。まだ何かあるかもしれない。

「落ち着いてくださいお嬢様、はしたないですぞ！　まったく。伯爵様、質問を許していただけますでしょうか？」

よし、よくカットインしてくれた。落ち着け。ここで慌てて仕掛けて獲物を逃すようなポカはよろしくない。

「竜の種類ならマッデストサラマンドだ。それとも手段かな？　それなら僕の召喚獣二体が屠《ほふ》った。他に質問は？」

質問の内容を聞かず回答し、余裕を見せつける。当たればカリスマ性が増すけど、外れればただただ恥ずかしいやつだ。

幸い、この時はいい結果に転んだらしい。

「マッデストサラマンド!?　狂炎竜をお一人で狩られたというのか!?　まさか、それほどまでとは……」

「自分で言うのもなんだが、すんなり信じるのだな」

「失礼ながら、伯爵様の華々しい実績と数々の噂話《うわさばなし》を総合すれば、そのような難事もきっと可能な範囲に収まるのでしょう。恐れ入りました」

華々しい実績も数々の噂話も一切記憶にないけど、それを総合したら竜くらい狩れるレベルか。まじで魔人だったんだな僕は。そりゃ貴族の皆さんにも怖がられるよね。

「伯爵様！」

レックス・ヘッセリンクとは？　という僕にとって最も重いテーマに想《おも》いを馳《は》せようとしたらエイミーちゃんが再び僕の手を強く握った。握力強っ！　痛い痛い痛い！　僕、召喚士だから本体は軟弱なんです！

「私決めました。ヘッセリンク家に嫁入りします!!」

驚いた。

愛を叫ぶ系貴族のレックス・ヘッセリンクこと僕も、まさか先手を打たれるとは思っていなかったので言葉に詰まる。

仕方ない、ここは生真面目執事さんに丸投げするしかないか。

「あー、お気持ちは嬉《うれ》しいのだが……ハメスロット殿？　どうしたらいいのか」

めちゃめちゃ渋い顔してるけどよろしく。

「申し訳ございません伯爵様。お嬢様は直情径行の節がございまして。お嬢様、貴族として段取りというものを無視することは罷《まか》りなりません。まずはこの晩餐会で伯爵様と歓談し、仲を深めたのちに」

「……確かにお父様と比べれば冷静ではないけど、直情径行は言いすぎよハメスロット。伯爵様。いえ、レックス様とお呼びしても？」

一気に距離を詰めてきたね。でも大丈夫。なぜなら可愛いから。いや、絶世の美女とかじゃないけどこの愛嬌ある感じの丸顔がタイプです。

「構わない」

「では。レックス様、明日はぜひ私を森にお連れいただきたいのです」

おー、きたよ。理想的な展開だ。僕はエイミーちゃんを戦力として我が家に欲しいという思いがある。もちろん妻を労働力としてしか見ないようなモラハラ夫になる気はないけど、遅かれ早かれその力を見せてもらうのは既定路線だ。ただ、あまり食いつきがいいのも外聞が悪いな。

「それがどういうことかわかっておいでか？　逢引《あいび》きの場所としては最低最悪、これ以上ないほど若い男女にはそぐわない場所だ。まあ、スリルだけは地上のどこよりも味わえるかもしれないが」

「このオーレナングの森がどういう場所なのか。もちろん理解しているつもりです。そして、私の真価はそこで発揮されるものと確信しています」

小粋なヘッセリンクジョークを無視した真面目な回答をいただきました。

しかし、真価ね。それは確かめずにはいられないな。

「なるほど。報告では我が家のオドルスキと相対しても生き延びることができるほどの腕前だとか。それが本当なら森での逢引きも楽しめそうだ」

「騎士オドルスキ殿と比べられては困ってしまいますが、ええ、期待していただいて構いませんわ」

よし、決まりだ。ただ、嫁入り前の他家の娘さんだ。保険は最大限掛けておこう。

「ジャンジャック、オドルスキ、メアリ」

三人が静かに進み出る。

ジャンジャックの戦う姿をまだ見たことないけど、コマンドが戦えるって言ってたし、オドルスキが尊重する様子からも強さが窺《うかが》える。三人がかりで彼女を守ってもらおう。

代表してジャンジャックが口を開く。

「承ります」

「明朝、エイミー嬢とともに森に入る。供をしろ。滅多なことはないと思うが、彼女の警護に万全を期したい」

「仰せのままに」

揃《そろ》って胸に手を当て頭を下げる三人。なんかカッコいいな。

「メアリさんも？　侍女を伴ってよい場所ではないのでは？」

「明日は僕自慢の家来衆の力をご覧に入れよう。話が上手《うま》く進めば家族となるのだから、知っておいてもらった方がいい」

「まあ、家族だなんて……嬉しいです」

頰を赤く染めるエイミーちゃん。

待て待て待て。但し書きがあったの聞き逃しちゃった？　助けてハメスロット！

「お嬢様。話が上手く進めば、でございます。そうならない可能性もあるのですから先走るのはおやめください」

そう！　それそれ。上手く進めば、ね。それはもちろんカニルーニャも家として同意してくれるかっていうのも含めて。

「さあ！　待たせてしまったが晩餐会を始めよう。堅苦しいのはなしだ。エイミー嬢、我が家の料理長自慢の料理を心ゆくまで堪能してほしい」

「食べすぎたな……」

夜半。

自室で腹をさする羽目になったのはマハダビキアの料理が美味《うま》すぎるせいだ。毎日ついつい食べすぎるんだよなあ。太った貴族とか見るに堪えないから、将来に向けて明日から量を控えようか。

「気持ちはわかる。さっき賄いで食ってびびったし。試食であんだけ食わされたのに今日のやつは質が段違いだったからな。流石おっさんだ」

「もっと褒めていいんだぜ？　おじさん褒められて伸びる方だからさ！　いや、しかしメアリが賄いを山盛り食べるのはいつものことだけど、今日はエイミー様でしょ！　あの細い身体のどこにあんなに入るのか不思議で仕方ないねえ」

そう、結果的に、エイミーちゃんはただの大食い、いや、度を超えた大食いということが判明した。いやあ、あれには度肝を抜かれたね。

顔合わせをサボって爆食いしていたのも、空腹に耐えきれなくなってコンディション不良を起こしたからなんだとか。

晩餐会の席でも出てくる皿出てくる皿あっという間に平らげて空にしていく。音を立てるでもなく、あくまでも上品に皿の上の料理を胃に収めていくその姿はいっそ気持ちのいい光景だった。

マハダビキアも相当頑張って料理を追加してくれたが、最終的には食材が尽きて晩餐会はお開きとなった。

「あれだけ食って腹八分目ですらねえって。金かかってしかたねえだろ」

「メアリさんの言うとおり。いかな貴族といえど、よほど余裕のある家でなければ財政的に厳しいでしょうな」

エンゲル係数高すぎて破綻する貴族とか嫌すぎる。

「エイミー嬢はあれがあるから社交への参加を控えているのだろう。会場の料理を食らい尽くす危険性がある。それで隔離されたとすれば可哀想《かわいそう》なことだ」

だって贅沢《ぜいたく》してるわけじゃないし。身体を維持するために必要な量を求めてるとしたら同情の余地はあるだろう。ただ食いたいだけなら後日話し合いだな。

「お？　兄貴的にはあの姉ちゃんはあり？」

「悪くないと思っているよ。ユミカも懐いているし人間性に疑う余地はないだろう。森に入る自信もあるときた。大食らいがなんだ。僕が毎日森に入れば腹がはち切れるほど食わせてやれる」

そう。マッドマッドベアクラスでいいなら絶滅させる勢いで狩ってこれる。コマンドの力も借りれば運搬も楽だし、僕ならエイミー嬢を飢えさせることはない。

「若様が材料さえ取ってきてくれれば気合い入れて料理こさえてやりますぜ？　まああの感じだと厨房《ちゅうぼう》の増員が必要な気がしますがね」

「今でも人手は足りてないだろう？　この縁談を抜きにしても人を入れようか？」

ヘッセリンク家の厨房はマハダビキアがワンマンアーミー状態で切り盛りしているので、時間によってはてんてこまいしてるのを知ってるからね。

「あー、いや。遠慮させてもらいますわ。他人が増えるとそれだけ目が行き届かなくなりますからねえ。もしエイミー様との話を進めるなら、にしといてくださいな」

なんにせよ明日ってことか。エイミー嬢の自信の正体がわかる。

お手並み拝見だ。


「おはよう、エイミー嬢。昨日はよく眠れたかな？」

ついつい腹部をチラ見してしまう。見たところ腹部に変化はない。あの量を全部消化したのか。燃費は相当悪いな。

「おはようございます、レックス様。ええ、生まれてから一番というくらいぐっすり眠れましたわ。朝食も十分にいただきました」

さらに朝食も!?

ジャンジャックが苦笑いしてるし、ハメスロットは深々と頭を下げてる。相当食ったなこれは。

それでもスッキリした腹回りって、食ったらすぐ肉のつく女子を敵に回す体質だ。

「それは良かった。今日は森を散策する予定だからな。体調が万全なのは喜ばしい限りだ。昼も楽しみにしていてくれ。マハダビキアの弁当を用意している」

「まあ！　では、張り切って運動しなければいけませんね」

昼も食うつもりか。いいだろう。そのつもりでしこたまサンドイッチを作ってもらった。もちろんコマンドに保管してもらってる。こんな使い方でごめんね。

【お気になさらず】

「しかし、ハメスロット殿も本当についてくる気か？　こう言ってはなんだが、普通の散策ではないぞ？」

「ご心配には及びません。最悪の場合はお嬢様の盾として死ぬ覚悟にございます」

重い。けど、忠誠ってこういうことなんだろうな。忠臣ここに極まれりってか。

こんな人材、アクシデントで死なせるわけにはいかないよ。

「そういうことではないのだが。オドルスキ。ハメスロット殿の護衛を任せる。くれぐれも怪我《けが》などさせないよう心がけてくれ」

「仰せのままに」

「お心遣い感謝いたします。ですが、この老いぼれなどではなく、どうかお嬢様を」

わかってるよ。そのための全戦力投入だ。

「そちらはジャンジャックとメアリに任せるから心配しなくてもいい。頼んだぞ二人とも」

「御意」

「かしこまりました。さ、エイミー様。参りましょう」

メアリに疑いの目を向けてるな。

わかるけど、そいつはやばい組織で育った生粋のやばいやつだから安心してくれ。

「ここが魔獣の巣に連なるオーレナングの森……。想像していたよりも青々として美しい場所なのですね。もっと鬱蒼《うっそう》とした暗い場所なのかと」

「言われてみれば……改めて見てみると確かにそうだな。いや、森に慣れすぎて、ここが美しいわけがないと思い込んでいたようだ」

信じてもらえないかもしれないけど、魔獣にさえ遭わなければ浅層部分は空気の美味《おい》しいマイナスイオン出まくりの森なんです。

美味しい果物もたくさん取れるし、野生の動物には癒やされる。

「そうですな。我々はここで血で血を洗う闘争をしておりますから。外からの視点というのは目を開かされる思いです」

浅い層なら観光に利用できるか？　いや、もしものことがあったら責任問題になるか。

ほら、色気出した傍《そば》からいらっしゃったよ。空気読むよねー。

「さて、お出ましのようだが……メアリ」

「はい」

「エイミー嬢もハメスロット殿もお前の実力に懐疑的なようだ。安心させて差し上げろ」

「かしこまりました。では……目を閉じないようお願いいたしますね？　一瞬ですから」

一つウインクをして颯爽《さっそう》と歩き出すメアリ。

かっこいいなおい。笑顔が完全に美少女だけど、やる気スイッチが入ると足取りから男に戻るんだよなあ。

コマンド、あの魔獣は？

【ランドシャーク、脅威度Ｄ。陸上に適応した鮫《さめ》の魔獣です】

へえ、進化の賜物《たまもの》か。脅威度的には、メアリの圧勝だろう。

ほら、出たよ。あの歩き方で獲物の背後が取れる意味がわからない。散歩でもするような気軽さなのに獲物はメアリの接近に気付かず、あとはスカートの中に隠したいつものでかいナイフでぶすりと抉《えぐ》る。

「な……!?　何者だ。侍女ではないのか？」

「まあ！　貴女《あなた》、素晴らしい腕の持ち主なのね。言ってくだされればカニルーニャにいらっしゃった際にお手合わせ願ったのに」

驚愕《きょうがく》するハメスロットと手を叩《たた》いて喜ぶエイミーちゃんのギャップに思わず笑ってしまう。

この場合、正しいのは間違いなくハメスロットのリアクションだろう。

「そうは言ってもな。俺はユミカの護衛役だったから派手に目立つわけにはいかなかったんだよ。改めてよろしくな？　レックス・ヘッセリンク伯爵付の従者、メアリだ」

あら、正体バラしちゃった。メアリのなかでカニルーニャ家は白だと判断がついた証拠だろう。

「まさか、男、か？」

「御名答。だからお嬢様の風呂なんかにはついていかなかったろう？　そういうことだよ。騙《だま》して悪かったな。あ、他言無用だぜ？」

その人差し指を唇に当てる仕草が美少女なんだよなー。

でも笑顔は男のそれだ。そりゃ混乱するよ。

「魔人だ奇人だとは聞こえておりましたが、レックス様は本当に面白いわ！　聖騎士オドルスキに鏖殺《おうさつ》将軍ジャンジャックだけじゃなく、こんなに素敵な人材まで確保しているなんて。ぜひ欲しいわ！」

「残念ながら僕の家来衆はどれも非売品だ」

「では私がレックス様の妻となるしかありませんわね。次は私の番です。皆さん、手出しは無用ですよ？」

今日のメインイベントだ。

エイミーちゃんがどんな力を見せてくれるのか。それによってヘッセリンク家の動き方も変わってくる。

「次、来るぞ！　あれは……ウッドウォリアーだな。数がひい、ふう、みい」

【ウッドウォリアー。樹木に宿った堕《お》ちた精霊。脅威度D】

さっきメアリが相手した魔獣とランクは同じ。ちょうどいいけど数が多いな。

視線を飛ばした先でオドルスキが臨戦態勢を取るのが見えた。

ジャンジャックは……動きなし。この程度なら問題ないってことか？

「問題ありません。いきます！　レックス様見ていてくださいね」

昨日は細身のドレスでおめかししていたエイミーちゃんも、今日は動きやすそうなパンツスタイルだ。

腰に指揮棒のようなものを差し、籠手《こて》、肘当て、膝当て、ブーツで要所を守っている。

【指揮棒に見えるものは、魔法使いが使用するスティックです。魔力の出力装置ですね】

「魔法使いだったのか」

「ええ、ええ。エイミー様はかなりの手練《てだ》れです。以前カニルーニャを訪れた際も見せていただきましたが、この魔力の練り方はやはり素晴らしい」

魔力の練り方？

どうやって感じるんだそんなもの。やっぱり長年の経験がモノを言うのかな？

【ジャンジャックは当代随一の土魔法使いです。魔法使いは魔力を見る特殊な目を持っていると言われます】

土魔法か。響きが地味だな。王道なら炎とか氷とかさ。なんとなく最初にやられる四天王の属性っぽいんだよな、土属性って。

【汎用性の高さは他の属性の追随を許しません。そのなかでジャンジャックは大量の土砂を巻き上げて大量の敵を生き埋めにすることから鏖殺将軍と呼ばれています】

地味とか言ってすみませんでした。これまでスルーしてたけど、鏖殺って皆殺しってことだよな？　それが二つ名になるなんて、どんだけ殺してきたんだこの爺《じい》さん。

【他国はもちろん、国内でもジャンジャックの名は鬼や悪魔と同義で扱われることがあるとだけ】

よし、深く考えるのはやめだ。エイミーちゃんを応援しよう。

ジャンジャックについて考えてる間に、既に三体中二体は消し炭になっていた。

「火魔法使いか。門外漢だから詳しいことはわからないが、凄腕なのだろうな」

「そう思うだろ？　いや、確かにあの姉ちゃんは凄腕の魔法使いなんだけど。それだけじゃねえ。そうだよな爺さん」

「ええ。私がカニルーニャ家との縁談を勧めたいと思った理由もそこにあります。あの方は魔法と格闘を高い水準で操ることのできる稀有《けう》な才能の持ち主です。その才能は脅威と言って差し支えないでしょう。軍に入れば近い将来一廉《ひとかど》の人物になっただろうと、想像に難くありません」

エイミーちゃんの才能を熱く語るジャンジャック。確かに優秀な人材は囲っておきたいよね。

「実物を見るまでは信じないだろうと思って黙ってたんだけど、あの姉ちゃん、カニルーニャの私兵を模擬戦で圧倒してやがった。ほら」

仲間が倒された残り一体はヤケを起こしたようにエイミーちゃんに突進。

これに対してスティックを納めて腰を落とし、激突の瞬間に拳を突き出すと、硬い音を響かせてウッドウォリアーが弾《はじ》け飛《と》んだ。

それだけじゃ終わらない。

滑るような足取りで間合いを詰めると、人で言う腹部あたりに膝を叩き込んで胴体を叩き割る。

「なるほど。素晴らしいな」

「ふう、いかがでしたか？　ご覧いただきましたとおり、私は魔法と格闘をこの身に修めております。滅多なことではレックス様の足を引っ張らないと自負しているのですが」

「縁談を抜きにしてもぜひ当家に来ていただきたいな。魔法と格闘技という畑の違う二分野を高度な水準でこなすための技術と精神力をどれほどの努力で身に付けたのか。まったく頭が下がる思いだ」

「護国卿《きょう》の地位にあるレックス様にそこまで評価していただけるなんて、こんなに嬉しいことはありません。なかなか殿方には受け入れられないと思いますので。やはり多少弱々しく、儚《はかな》い女性が好まれるのではないでしょうか」

「心配するなエイミー嬢。貴女が自身の有用性を見せてくれたお礼に、僕も何ができるかをお見せする。おいで、ゴリ丸、ドラゾン！」

レディース&ジェントルメン、ボーイズ&ガールズ！　さあ、デモンストレーションの開始だ。

空から降る二体の巨大召喚獣。それを見て腰を抜かすハメスロットと目を見開くエイミー嬢。

はっはっは、二頭とも甘えん坊だな。ドラゾン、甘噛《あまが》みはやめなさい。ゴリ丸もグルーミングしないの。

「まじかよ！　二匹呼び出す必要なくね？」

「ハメスロット殿！　私の後ろに下がってください！　早く！」

二頭を背後に控えさせたまま、ドン引きしてるエイミーちゃんに声をかける。

「これが僕の力だ。僕は君より強い。安心して嫁いでくればいい」

僕の言葉を受けたエイミーちゃんは、興奮したように頬を上気させてゴリ丸達に視線を送り、片や、オドルスキに庇《かば》われたハメスロットは恐怖で青ざめた顔で二頭を見上げている。

「これが、レックス・ヘッセリンク……これが、上級召喚士の力……」

「素晴らしいですわ！　ゴリ丸ちゃんとドラゾンちゃんというのね？　まあ、ゴリ丸ちゃんは人懐っこいわ！」

自分に興味を持ってることを理解したのか、ゴリ丸がエイミーちゃんに近づき、四腕のうちの一本を差し出し、手のひらを上に向けた。乗っていいよということらしい。

それを伝えると、エイミーちゃんはハメスロットが止める間もなくゴリ丸の大きな手のひらに飛び乗った。いいなあ、僕も乗りたい。

「なんで懐いてんだよ大魔猿。お前は兄貴の召喚獣だろうがよ」

メアリが呆《あき》れたようにゴリ丸に声をかけたが一瞥《いちべつ》しただけでプイッと顔を背ける。

あんたには関係ないでしょ？　と言わんばかりだ。

「いいではないか。仲間として認めたということだろう。さて、今のところ僕が所有する力の全てをお見せした。ここでいう力というのは、腕力という意味だと思ってくれ」

僕の手持ちの全戦力が一堂に会した光景は、なかなか壮観だ。

あとはここに行方《ゆくえ》不明の亡霊王さんが加わるわけだが、とりあえずはこれでよし。

「二体の高脅威度召喚獣に聖騎士オドルスキ殿、鏖殺将軍ジャンジャック殿、メアリ殿。恐ろしい陣容ですな」

「そして、カニルーニャの同意が得られればここにエイミー嬢が加わることになり、さらに充実することだろう」

妻を戦力扱いすることに賛否はあるだろうが、この問題は早急にクリアしないといけない。

ハメスロットには今晩にでもエイミーちゃんをこのオーレナングに常駐させたいと伝えよう。

貴族は慣例を破ることを嫌うらしい。当主自らそれをやるわけだから根回しは重要だ。

「そのことでございますが……レックス様にお願いしたいことがございます」

お、なんだなんだ。ご飯たくさん食べたいって件かな？　ここにいてくれるならお腹《なか》いっぱい食べさせてあげるからね。

この流れで、オーレナングで一緒に暮らしてくれるか一応本人に意思確認してみるか？

ダメなら仕方ない。

緊急事態に戦力になる、タヌキ顔の可愛い妻ができるというだけでも万々歳だから。

「僕からも一つ頼み事があるのだが、まずはエイミー嬢の頼みから聞こうか」

レディーファーストでどうぞ。この世界にその概念があるか知らないけど。

「ありがとうございます。ヘッセリンクに嫁いだ女性はこのオーレナングから遠ざけられ、国都に構えた屋敷で暮らすのが慣例だと伺いました」

お？　その話？　これは奇遇ですね。

「そうだ。母は妹と共に国都で暮らしている。それで？」

「もし、私がヘッセリンクの家に嫁ぐことになった暁には、慣例を破ることをお許しください。私はこの魔獣の森、オーレナングでレックス様と寝食を共にし、魔獣を討伐しとうございます」

ＹＥＳ！　素晴らしい展開だ。戦力補強と可愛い嫁との生活をダブルで実現しました！

いかんいかん、浮かれるな。威厳を保った顔を作って、と。

「認めよう」

「え!?　あ、はい。ありがとうございます。でも、そんなに簡単に認めていただいてよろしいのですか？　貴族にとって慣例とはそう簡単に変更できるものではありませんのに」

「構わない。なぜならエイミー嬢の願いは僕の頼み事と合致したからな。改めて僕からもお願いする。婚姻が済んだ暁には、僕と共にこのオーレナングに留《とど》まり、魔獣の討伐に手を貸してほしい」

「嬉しい……ありがとうございます！　そうと決まれば早速カニルーニャに戻り父に話をしなけれ

ば。ハメスロット！」

笑顔癒やされるわー。ユミカと二人で並んだら世界が平和になるんじゃないかなこれ。

どうかねメアリ君。

ん？　し、ま、り、の、な、い、か、お、す、る、な？

申し訳ないです。

メアリの冷たい視線に凍えている間もカニルーニャの二人は段取りを固めていく。

「まずは早馬でヘッセリンク伯爵様から婚姻を前向きに考えていただける旨の回答をいただいたことをお伝えしましょう。その文にオーレナングに留まる許可もいただけたことを付記しておきます」

「そうね。あとはお父様とレックス様の顔合わせだけど……カニルーニャとヘッセリンクの中間となると、国都かしら」

「そうですな。お父上もおそらく早馬で何らかの回答を返してくださるはずです。それを待って今後について協議を行いましょう」

先方の親父《おやじ》さんに挨拶か。緊張のイベントだ。

とは言うもののこちらも向こうも同じ伯爵だから、そこまでかしこまることもないのかな？

「レックス様、早馬の返事が戻ってくるまで滞在が延びそうなのですが、よろしいでしょうか？」

「行ったり来たりを繰り返すよりも効率的だろうな。ジャンジャック、カニルーニャの皆さんが留まることでなにか不都合はあるか？」

「ございません。マハダビキアさんが多少忙しくなりますが……まあ彼ならそれすら楽しむことでしょう」

人手を増やすよう指示を出しておこう。流石に毎日エイミーちゃんのご飯を作るのに一人っきりじゃ追いつかない。

ヘッセリンク伯爵家は家来衆にホワイトな労働環境を提供します。

「ということだ。滞在の延長を許可する。エイミー嬢がいてくださればユミカも喜ぶだろう。それに腕力以外のお互いを知り合うには、ちょうどいい機会になるのではないかな?」

「ふふっ、ユミカちゃんは本当に可愛くて天使のようです。もちろん他の家来衆の皆さんとも仲良くなりたいと思っています」

ユミカ＝天使。間違いないな。

エイミーちゃんとはわかり合える気がしてます。ほら、親バカ聖騎士が深く頷いてる。

「まずは昼食でも食べながらメアリ達と親交を深めてみてはいかがかな?　さ、たくさん食べなさい」

コマンドに保管してもらっていた大量のバスケットを取り出し地面に並べる。

目を輝かせるエイミー嬢と何が起きたかわからず目を剝《む》くハメスロット。

常識人は大変だな。

ちなみに、この日のサンドイッチの大半をエイミーちゃんが平らげたのは言うまでもない。

森での初デートを終えて帰ると、土埃《つちぼこり》に塗《まみ》れた僕達を見たアリスから、速やかに風呂に入るようにお達しがあった。

オドルスキが言うには、普段おとなしやかなアリスの唯一の逆鱗《げきりん》が、服を汚したりダメにしたりすることなんだとか。

だからオドルスキはこないだ狩りの後に雷落とされてたのか。血塗れで帰ってくればそれはそうなるだろう。

「エイミー様！　ユミカとお風呂に入りましょう！　ね？　早く早く！」

ユミカがエイミーちゃんの手を握って可愛くおねだりする。緩んだ表情を見る限り、エイミーちゃんは既にユミカの虜《とりこ》だ。魔性の女だな。

「ふふっ、すぐに準備するから待ってくださいねユミカちゃん。アリスさん、ユミカちゃんのお風呂の準備をお願いしてもいいですか？」

「かしこまりました、奥様」

奥様……。なかなかいい響きだな。

あなたって呼んでほしいな。今度頼んでみるか。

「もう！　奥様はやめてってお願いしてるのに！　アリスさんは意地悪だわ！」

「エイミー様はお兄様のお嫁さんなのよね？　じゃあ奥様でしょう？　違うの？」

「ユミカちゃんの言うとおりです。まだご実家からの返答が来ておりませんが、断られることは考えられません。つまりエイミー様を旦那様の奥様とお呼びすることは正しいことなのです」

純粋さで攻め込むユミカとそれに乗じて理詰めで退路を塞ぐアリス。

奥様があわあわしてるぞやめて差し上げろ。

「でも……なんだか恥ずかしいわ。これまで色々あって人前に出ることもなかったし、男の人と話をする機会だって限られてたもの。そんな私があの護国卿の妻……だめだわ、ドキドキする」

「エイミー様可愛い！　恋する乙女《おとめ》なのね！　ユミカはエイミー様と一緒に住めるのが楽しみよ！」

「奥様の資質を見抜き、すぐに縁談をまとめあげた旦那様の英断に言葉が出ません。まったく、世の中全ての男性が旦那様のような決断力を備えていればいいのですが」

おや、雲行きが怪しいな。

具体的な誰かを思い浮かべているようだが、それはこないだ血塗れで帰ってきた彼のことだったりするのかな？

一歩踏み込むだけで変わるものはあると思うんだけどなあ。

「まあ、アリスさんにもそのような男性がいらっしゃるの？」

「え？　……いいえ。私はヘッセリンク伯爵家に生涯を捧《ささ》げると決めておりますので。色恋に消費する時間などありません」

「そうよ！　アリス姉様はお義父《とう》様と結婚してユミカの母様になるんだもの、ね？」

「え？」

「まあ！」

ユミカが一歩どころじゃなくゼロ距離まで踏み込んだ!!　さすが我が家の天使様。距離の詰め方も規格外だ。

「ユ、ユミカちゃん？　いつも言っているけどそれは違うの。私とオドルスキ殿はそういう間柄ではなくて、旦那様を共に支えるお仕事仲間でね」

「うん、わかってるの。ユミカが勝手にそうなったらいいなあって思ってるだけ。でも、お義父様もヘッセリンク伯爵家に生涯を捧げているわ。だからお義父様とアリス姉様が結婚しても困ることはないし、なによりユミカはアリス姉様が大好きだもの！」

天使の健気《けなげ》な思いを受けて、顔を両手で覆いながら膝から崩れ落ちるアリス。

「ああ……天使……！　神よ、私の側に天使を遣わせてくれたことに感謝いたします！」

わかる！　わかるぞアリス。

ユミカ可愛い。それは普遍の真理だ。

だが、アリスとオドルスキについては僕が背中を押すことも考えないとな。

「すごい破壊力ね！　レックス様が骨抜きにされるのもわかるわ。ねえユミカちゃん、私のことも姉様って呼んでくれるかしら？」

な!?　だめだエイミーちゃん！　危険すぎる!!

「いいの!?　嬉しい！　えっと、えっと、エイミー姉様！」

カニルーニャ家御令嬢もアリス同様膝から崩れ落ちる。効果は抜群だ！

「ああっ!!　大天使、大天使が降臨されたわ！　私がこれまで感じていた苦しみは今日この日のためにあったのね！」

あああああ！　可愛《かわ》えええええ!!

合わせてユミカに悶《もだ》えてるエイミー嬢も可愛いいいいい！！！

と、そろそろユミカという沼にエイミー嬢が沈みそうだから介入することにしよう。

「そこまでにしなさい。ユミカが大天使なのは心の底から同意するが、それ以上は危険だ。ほらユミカ、お風呂に入ってきなさい。エイミー嬢もどうぞ」

「はっ！　し、失礼いたしました。ついユミカちゃんの可愛さに我を忘れてしまい」

「そのことを責める権利は僕にもないな。今晩食事をしながらユミカの可愛い話を教えて差し上げよう。オドルスキも同席させるか」

「もう！　お兄様、恥ずかしいからやめて！」

くっ！　僕も可愛いと大きな声で叫びたい。

だけど僕は威厳ある伯爵様。我慢、我慢だレックス・ヘッセリンク。

「はっはっは、怒った顔も可愛いぞユミカ。さて、アリス。二人を頼む」

「かしこまりました。では奥様、参りましょう。ユミカちゃんも行きましょうね」

女性陣が風呂に入っている間に男性陣を執務室に招集する。

すぐにジャンジャック、オドルスキ、マハダビキア、メアリが集まりそれぞれ定位置に腰を下ろした。

「さて。集まってもらったのは他でもない。今後のエイミー嬢の扱いについてだ。懸案事項は二つ。一つは、マハダビキア」

「ああ、よく食べる子だからねえ。食費については多少、いやかなり予算をつけてもらう必要があると思うよ。まあ肉やら果物やらは戦闘員からの提供でなんとでもなるけど、米やら小麦やらは採れねえから。あとは人手。こないだの方針のとおり縁談が進むなら、数人の追加をお願いしたいところだ」

「予算はこれから考えることになるがなんとでもなるだろう。なんと言っても我が家は倹約してるからな。変に切り詰める必要もない」

魔獣から国を守るヘッセリンク伯爵家のカラーは質実剛健そのもので、贅沢をしてる気配がない。もちろん伯爵家としての格を保つ程度の宝飾品や装飾品はあるけど、本当に最低限らしい。

これはケチなのではなく、歴代当主の皆さんが、本当に魔獣の討伐にしか興味を示さなかったかららなんだとか。

「なんなら僕とオドルスキで高値のつくやつらを狩ってくるさ。あと、人手は問題ない。若手の方がいいんだろう？」

「若様の言うとおり。経験積むと癖がついちまってるからな。なんだったらど素人《しろうと》でも構わねえ。

俺が仕込む」

「ジャンジャック。手配を頼む」

「御意」

「それともう一つ。近いうちに顔合わせのために国都に行くことになるが、誰が供をし、誰に残ってもらうか。意見を聞きたい」

簡単に言うと誰が留守番しますかってことだ。

「いつもどおりだったら残るのはオド兄でお供は俺と爺さんか？」

「そうだな。だが、今後縁談を進めるとなるとジャンジャックにはここに残ってもらって準備を進めてもらった方がいいのかとも思ってな」

「なるほど。と、なるとジャンジャック様と私が留守居でメアリだけが供となりますか。まあ、普段であれば反対するところですが、奥方様はただの女性ではありませんからな。護衛は少なくても支障はないのかもしれません」

そう。エイミー嬢が予想よりも強く、護衛を増やす理由がないのだから、ジャンジャックは屋敷に留まって仕事をしてもらった方が効率的だ。

ただ、それを家来衆が許してくれるか。

「いいんじゃね？　ただでさえヘッセリンクの悪趣味極めた外套《がいとう》を狙う輩なんていねえだろうし、俺だけでも問題ねえよ。それに爺さんが屋敷にいた方がおっさんもさっきの件相談しやすいだろ」

「ジャンジャックの意見は？」

「異存ございません。オドルスキさんは通常どおり討伐を、メアリさんはレックス様の供を、マハダビキアさんは厨房の人員構成の精査を、爺《じい》めは縁談の準備を。よろしいか？」

全員が迷わず首肯する。

それぞれが自分に課せられた役割を理解している感じがかっこいいんだよなあ。

「よし。ではメアリはいつ出発してもいいよう準備を怠らないように。それと、オドルスキ」

「はっ！　なんでしょうか？」

「晩飯の席に付き合え。エイミー嬢がユミカの可愛い話をご所望だ」

「はっはっは！　それはそれは。多少長くなってしまうかもしれませんな！　初めて私を義父と呼んでくれた話は外せませんぞ。それに」

「詰め込みすぎると引かれるぞオド兄」


数日後、ジャンジャックが一通の手紙を持って執務室に入ってきた。

「レックス様。カニルーニャ伯より早馬が参りました。おそらく先日の返答かと。ご確認ください」

思ってたより早かったな。先方も乗り気でいてくれると考えていいのかな？

「ああ。早馬の乗り手にはゆっくり休むよう伝えてくれ」

「アリスさんに伝えております」

流石は我が家のやり手執事。先回りで仕事ができるとこが本物です。

「さて。執務室にエイミー嬢とハメスロット殿を呼んでくれ。ジャンジャックも同席するように」

「御意」

手紙の中身を読み、お互いの見解に齟齬《そご》がないことを確認していると、すぐにエイミーちゃんとハメスロットが部屋にやってくる。

というか、エイミーちゃんはすごい勢いで走り込んできた。

なんだどうした？

「レックス様、お呼びと聞き参りました。なんでも当家から縁談について返答が届いたとか。それで、父はなんと？」

ああ、早く早馬の用件を知りたくて急いできたってことか。それにしても屋内で息が上がるくらいのダッシュって。

「はしたないですぞお嬢様。人の妻になるのですからもっと慎みをですな……」

案の定、忠臣執事のお説教が始まる気配だ。ただとりあえずそれは後にしてもらいたいので介入しておこう。

ここ数日眺めていたけど、ハメスロットの説教って淡々としてるけど長いんだよなあ。

無理だぞハメスロット。そのお嬢さんは淑女にはなれない宿命だ。

「まあまあ、ハメスロット殿。まさに我らが夫婦として認めてもらえるかという話だ。エイミー嬢が気にするのは仕方ない」

「……はっ！　失礼いたしました。いけませんな、歳《とし》を取ると人の機微に疎くなるようです」

「付き合いは短いが、真面目で主人の間違いを間違いと言えることが貴殿の強みだと評価している。これは大きな声で言えないが、エイミー嬢との縁談が成った暁には貴殿にも当家に来ていただきたいと思っている」

説教は長いけど真面目で主人に忠実。

我が家には既にジャンジャックがいるが、経験豊富な執事なんて何人いてもいい。

「！　それは、過分なお言葉をいただき恐縮でございます。その辺りにつきましては、また後日のお返事とさせていただきたく」

「構わない。というよりはっきりした人材の引き抜きだからな。しかも貴殿は家宰を務める人物だ。筋は通したうえで改めて声をかけさせてもらおう。それで、本題だが。カニルーニャ伯爵より僕とエイミー嬢の婚姻を認める旨の書状が届いた」

「まあ！　まあ！　ああ……良かった。良かった……」

「お嬢様……私もこの日が来るのをどれだけ心待ちにしたことか！　おめでとうございます、おめでとう、ございます！」

涙を流すエイミーちゃんとハメスロット。

美しい主従愛だ。いいよ、いいよ。そういうの大好き。

「あとは両家の顔合わせを済ませ、王城に届け出ればよほどの問題が起きない限り僕とエイミー嬢は夫婦だ。僕としても早急に顔合わせを済ませてしまいたい。本来なら父が出向くのだが既に亡くなっているため母が同席することになる。そのことは前回の書状で伝え、カニルーニャ伯爵には同意をいただいた。顔合わせの時期についても大体の予定が書かれていたので速やかに出立し、国都にて対応の準備に入りたい」

なんせ我が家は頭のネジ緩んでる度１００％のヘッセリンク伯爵家。ないとは思うけど、うちをよく思わない輩から横槍《よこやり》が入らないとも限らないので、できるだけ迅速に事を進める必要がある。

「私は既に準備ができておりますので、レックス様の指示があり次第すぐに出立できますわ！」

「それは頼もしい。ジャンジャック、こちらはどうだ？」

「もちろん準備は万端でございます。供をする予定のメアリさんからもいつでも出立できると報告を受けておりますので。あとはカニルーニャの家来衆の皆様のご準備次第かと」

「ハメスロット？　すぐに発《た》てるわね？」

「はい。こちらも万全の準備が整っております。今日これからの出立でも問題ございませんとも」

それぞれがしっかり仕事をしてる感じが気持ちいいね。僕の準備も服を用意するくらいなのですぐ終わるから、と。

「よし。それでは明朝に出立するとしよう。エイミー嬢は改めて準備に不備がないか確認しておいてほしい。ジャンジャック、オドルスキとアリス、メアリを呼んでくれ。あと、ユミカも」

「かしこまりました。すぐに呼んでまいります」

程なくして、ユミカが走り込んできて僕の首に抱きついてくる。あー、国都に連れていきたい。

「お兄様！　ユミカが参りました！」

「はっはっは、よしよし。さ、座りなさい。オドルスキとメアリも座ってくれ」

「はっ。ユミカ、こちらに来なさい」

あ？　ユミカは僕の隣に座ってるでしょうよ。忠誠心の塊みたいな男なのにユミカが絡むとその限りじゃなくなるのはなぜだろうね。

空気を読んだユミカがオドルスキの膝に座ったので、まあ？　良しとするけど？

「さっき早馬が駆け込んできてたな。カニルーニャだろ？　ってことは返事が来たんか。思ったより早かったな」

こちらも空気を読んだメアリが面倒臭そうに本題を切り出す。

「そのとおり。要約すると、僕とエイミー嬢の婚姻にカニルーニャ伯爵の承諾を得た。ついては速やかに顔合わせの場を設けたいとのことだ」

「わあ！　おめでとうございますお兄様！」

「おめでとうございます、お館様。心よりお慶《よろこ》び申し上げます！」

「良かったな兄貴。これで魔人様も所帯持ちかー。世も末だな」

はいメアリだけ不合格。

だが、先ほど本題を始めるきっかけを作ってくれたので相殺しておきます。

「みんな、ありがとう。それで、顔合わせのために明朝国都に発つことになった。オドルスキ、ジャンジャックとともに留守を頼む」

「御意。不届きにもお館様の留守を狙う者がいたならば、私とジャンジャック様で血祭りに上げてご覧入れましょう」

頼もしいけど子供の前で血生臭い表現はやめなさい。

「ユミカ、僕は少しの間不在にするが、いい子にして待っていてくれるか？」

「はい！　寂しいけど我慢して待ってます！」

僕も寂しいよ！

「いい子だ。たくさんお土産《みやげ》を買って帰ることを約束しよう。メアリ」

「準備はできてるぜ？」

「ああ、ジャンジャックから聞いている。一人でエイミー嬢とハメスロット殿を護衛してもらうことになるからな。負担が大きいが頼むぞ」

「御意！　ってね。まあいつもどおりこなすさ」

生意気だけど仕事ができて空気が読めるスペシャルなプレイヤーだからなこの子も。たまにはご褒美をあげてもいいか。

「いい子のメアリにも何か買ってやろうか？」

「お、それなら新しいナイフが欲しいと思ってたんだ。経費で落としてくれよ。国都の工房が出したのが切れ味と耐久性を両立させたいい具合のやつらしくてさ」

うん、まあお菓子とか洋服とかねだるとか思ってないけどさ。

あれか？　愛用のでかい刃物。僕の中であれはナイフじゃなくて鉈《なた》だからな。欲しいなら買うけど。

「いい子のねだる物じゃないが、まあいいだろう。僕の小遣いで買ってやるから顔合わせ前に買いに行くか」

「いやっほう！　話がわかるぜ雇用主様！　っしゃ、やる気出た。準備の再確認してくるわ！」

部屋に入ってきた時とは打って変わって軽い足取りで部屋を出ていってしまった。

「ああいうところはまだ子供なのだなメアリも。お館様の仰るとおり、ねだる物が子供のそれではないですが、それはそれで頼もしい」

「そうだな。さて、僕も準備を整えるとしよう。アリス、顔合わせ用の服を見繕っておいてくれ」

「はい。お任せください。すぐに取り掛かります」

「久しいですね、レックス殿。屋敷に変わりはありませんか？」

「ご無沙汰をしております、母上。ええ、特段お伝えするようなことはないかと。相変わらず森に出て魔獣を討伐するだけの生活です」

オーレナングから国都までの道中は特にトラブルもなく辿《たど》り着《つ》いた。

メアリが言っていたとおり、ヘッセリンク伯爵家の代名詞である外套が効いたようだ。

深緑の布地に、積み重ねられた金塊が描かれたまあまあ趣味の悪い意匠で、確かにヤバいやつ感がすごい。

これ、ユミカにも着せたのか？　教育に悪いからちょっと考えないとな。

ちなみに目の前にいるのは僕の実母、マーシャ・ヘッセリンク。年齢は四十半ばらしい。

うん、見た目もそんな感じで違和感ないです。

コマンドの話ではとてもとてもいい人らしい。

【元々は十貴院の三に位置する侯爵家の御令嬢《ごれいじょう》ですが、突然変異と言われるほどの善人です。レックス様のお父上はお母様を溺愛されていました】

「命を大切になさいね。貴方《あなた》まで早逝してしまったらと思うと、ついうっかり神を恨みで殺してしまいそうだわ」

「はっはっは！　母上は相変わらずですね」

そんなこと言ってたらバチが当たるよママン。

「母に戦う力があればすぐにでもオーレナングに舞い戻り、亡きお父様の代わりに武器を取れるのに。不甲斐ない母を許してくださいね？」

「許す許さないの話ではありません。私がオーレナングで我が家を守るように、母上は国都で我が家を守っていただく。代々両輪で支えていくというのが慣例だったでしょう。気に病む必要などありません」

戦う力がある男が領地で戦い、武力を持たない女が国都の屋敷で他家との折衝を行う。

それが我が家の慣例らしい。賢くないとダメ。したたかでないとダメ。

一人で戦ってる母に今度美味しい肉を贈ろう。

「でも……カニルーニャの御令嬢はその慣例を破れる存在だと、手紙に書いてありました。その方が、代々伝わるヘッセリンクに嫁いだ女の呪いを解いてくれると喜ばしい反面、自分が望んでも決してできなかったことを成すことに、若干の嫉妬があるのも事実です」

「正直なことです。そのことは、エイミー嬢本人にもぜひ伝えてください」

呪いか。それを破るのが息子の嫁となる人物なのは、思うところがあるのかもしれない。

それを言葉にするところがこの母が善人たる証拠だが、エイミーちゃんも生粋の善人だからな。ちゃんと伝えたらわかってくれると思う。

「そんなことをしたら、いじわるな姑《しゅうとめ》だと嫌われてしまうわ」

「何を仰いますやら。エイミー嬢はそのような狭量とは無縁の方です。きっと仲良くなれるでしょう。もっとも、母上達と一緒に暮らせないことについては申し訳ないと言っていました」

「それこそ何を仰いますやら。ヘッセリンクの役目は森から湧き出す魔獣を討伐すること。それ以上でもそれ以下でもありません。戦力は一人でも多い方がいいなかで、エイミー様がレックス殿とともに戦える力を持っている。こんなに素晴らしいことはないわ。まったく、せっかく同じ街にいるというのに顔合わせまで会えないなんて」

「それこそ慣例です。くだらないし時代に合わないものですが、これを破るとまたぞろ老害達が騒ぎ出しますからね」

家の中の慣例を破るのは勝手だけど、国の慣例を破るとうるさい層が一定数いるらしい。どの家に対してもうるさいのに、それがヘッセリンクならさらにうるさくなる可能性があると。

話を聞けば聞くほど僕個人だけじゃなく家として嫌われてることがよくわかる。なんとかならないかね。

「はあ。ヘッセリンクとして生きるのも楽ではないわ。あ、そうそう。これ、お祖父様《じいさま》からレックス殿にお小遣いだそうよ？」

お小遣い？　さっきコマンドが母の実家が侯爵家だって言ってたけども。

「これでも二十も後半なのですが……」

「仕方ないわ。いつまで経《た》っても孫は孫。息子は息子よ」

甘やかされてるなレックス・ヘッセリンク。まああって困るもんでもないしいただいておくか。

「で？　お小遣いもらってきたわけ？　すげえな貴族。自分の孫が国有数の貴族家当主だって忘れてんのかね。うぉっ、いくら入ってんだよ」

小遣いとして渡されたずっしり重い袋を覗き込みながら、メアリが呆れたように笑う。

「忘れてるんだろうな、意図的に。そうでないと、自分の孫が国全体から熱い注目を浴びている危険分子だと思い出してしまうんじゃないか？」

ただただ孫が可愛いからっていう可能性もゼロじゃないだろうけど。

「因果な商売だねどうも」

貴族が商売というなら本当にそのとおりだ。

「まあ泡銭《あぶくぜに》が手に入ったんだ。今から約束の刃物でも買いに行こうと思うが、どうする？」

「もちろんお供いたしますとも閣下。お召し物はどうします？　荷解《にほど》きしたらまあ、キンキラキンのギラギラしたやつしか入ってねえけど」

それ！　本当にしくじったんだよなー。

国都の屋敷であの派手すぎる服しか入ってないのを見て、絶望のあまり膝から崩れ落ちた。あれはない。

「……言うな。僕としたことが浮かれた勢いで服の準備をアリスに任せっきりにしてしまった。仕方ないからついでに動きやすい地味な服も買うぞ」

「そうしてくれ。俺もあれを着た兄貴について歩くのはしんどい」

「文句ならアリス達に言ってくれ」

「言えるかよ」

「だろうな。僕も無理だ。うちの家来衆は忠誠心が高いのに、各人それぞれ一つは絶対譲らないものがあるからな。それについては相手が僕でも絶対引かないぞ」

オドルスキのユミカ関連とかな。

「あー、まあわからなくはない。ま、兄貴は諦めて着せ替え人形やってくれよ。俺達の平穏のためにも」

とりあえず当座の服を買うために店に入り、良い感じの地味なやつを数種類買い込んで着替えた。

ああ、落ち着く。

その足でお目当ての工房に向かうと、思ってたよりもこぢんまりとした佇《たたず》まいだった。

個人商店だな。なになに？　熊の塒《ねぐら》、か。

「いらっしゃいませ……と。その外套、ヘッセリンク伯爵家の方とお見受けしましたが」

奥から出てきて対応してくれた少年が、メアリが身につける深緑の外套を見てすぐにヘッセリンク家の縁者だと見抜いた。すごいな。

「流石国都随一の工房。外套一つで家名がわかるものなのか。失礼。私はレックス・ヘッセリンク。ヘッセリンク伯爵家の当主を務めている」

「なんと！　伯爵様ご本人様でしたか！　少々お待ちください。親方を呼んでまいります」

少年が奥にすっ飛んで消えていき、すぐに顎髭のいかつい親父を連れて戻ってきた。

はあー、イメージどおりの絵に描いたような鍛冶《かじ》屋さんだな。作業中だったのか、右手には大振りの鉈を握っている。

親父は僕を値踏みするように眺めたあと近づいてきた。汗臭っ。

「ほお、あんたがレックス・ヘッセリンク伯爵様ですかい？　何しでかすかわからねえって噂だが……ふっ！」

ギイン！！！

びっくりしたあ!!

親父がいきなり振り下ろした鉈はメアリのナイフに弾かれ、逆にその切先が喉元に突きつけられる。

というかやや刃先が肌に触れて血が滲《にじ》んでる。

「何のつもりですか？」

声冷たっ！　怖いよメアリ君！

「おっとっと。まじかよ。隙だらけかと思いきやこのお嬢ちゃんが護衛か？　それならそれで殺気くらい漏らしておけよ」

勝手な言い草だなおい。ゴリ丸とドラゾン召喚してやろうか。

「閣下。殺してもよろしいですか？　罪状は上級貴族への暗殺未遂。レプミア国貴族法に則《のっと》り裁判を略し刑の執行が可能です」

へえ、そうなんだ。

「ああ。残念だが情状酌量の余地はないだろう。何を思ったか知らないが、あの世で後悔するんだな」

「ちょ！　待てって！　待て待て！　話を聞け！　こりゃあうちなりの試験なんだよ！　あんたが本物なのはわかったが、貴族を騙《かた》る馬鹿野郎が多くてな？　それでこういう抜き打ちの試験をだな」

「言い訳はそれだけか？」

「だーから!!　待て！　くそっ、まじかよこの野郎！　なんつう目してんだ、この姉ちゃん！」

まあこのくらいにしておくか。じゃないとメアリが本当に刺しそうだし。

「と、冗談だ。メアリ、刃物を下ろせ」

たっぷり間を取った後、これまたゆっくりと刃《やいば》を納めるメアリ。

メンチを切ったままドスの利いたいつもの低音で脅し上げる。

「おいこら、てめえ、護衛が俺だったことを神に感謝しろよ。閣下は冗談で済ますおつもりだが、二度目はないと思え。命拾いしたな」

「そのなりで男かよ！　くそおっかねえ……何重に罠《わな》仕掛けてやがんだよ、二度とやるわけねえだろ！　伯爵様、この度は失礼いたしやした。自分はここ、武具工房熊の塒の三代目、バロンと申しやす」

冷や汗びっしょりのままでへこへこと頭を下げてくる。よっぽど怖かったんだろう。

わかるよ。

「改めて、レックス・ヘッセリンクだ。脅かしてすまなかったな。今日はこの護衛が使う刃物の新調に来たんだ。なんでも切れ味と耐久性を両立させた新商品があるとか」

「へえ、そいつはお耳が早い。つい先日発売したばかりの商品でさあ。金属に脅威度B以上の魔獣の骨粉を適量混ぜ込むとあら不思議。切れ味も耐久性もこれまでとは比較にならねえ上物が出来上がるって寸法でさあ」

「すぐに買えるものかな？　在庫がないなら手付けだけ置いて後日受け取りに来るが」

「在庫が一本だけありますぜ。いかんせん高額な商品なもんでね。飛ぶようには売れませんわ」

「そうだろうな。まあいい。一本もらっていこう」

「あいよ！　へへっ、伯爵様のようなお大尽とは今後もお近づきになりてえもんですな。さっきの失礼の謝罪も込みで料金は勉強させていただいて……こんなもんでどうでしょ？」

勉強してくれたらしいが、そもそも相場がわからん。ここは使い手に確認するか。

「メアリ？」

「……妥当」

「では、これで」

コマンドの収納から金でパンパンの袋を取り出してカウンターに置いてやる。

すまんが数えてくれ。

「即金かよ！　っと失礼。いや、助かりやす。貴族は払いが渋い家も多いのでね。またなにかあればぜひ御用命くださいな。お待ちしておりやす！」


屋敷に戻ると、早速購入した刃物を翳《かざ》し、嬉しそうに頬を緩めるメアリ。

ぱっと見はプレゼントをもらってはしゃぐ美少女だけど実態は刃物を買ってはしゃぐ暗殺者だ。

「はっはあ！　こりゃあ想像してたよりだいぶいい品だぜ？　いきなり兄貴に斬りかかってきたときはぶっ殺そうかと思ったけどあのおっさん、腕は確かだな。今度オド兄にも教えてやろう」

見た目と中身のギャップが酷いな。さっき鍛冶屋の親父を脅し上げたのが本性なのに見た目だけは可愛い。

「機嫌が直ったようで何よりだ。まったく、一般人を脅かすのも程々にしてくれよ？」

「なーに言ってんだか。あのおっさん、護衛が俺だったからまだ生きてるってわかってるか？」

「というと？」

「護衛が俺じゃなくてオド兄だった場合。斬りかかってきた鉈ごと首を落としてる。護衛が爺さんだった場合。問答無用で首を落としたうえで店ごと土砂で押し潰す。俺だったから脅し文句ぐらいで済んだってことさ」

やりそうだな。忠誠心っていう意味ではその二人がツートップな気がするし。無礼打ちとか平気でやりそうなのが怖い。

そう考えるとメアリが一番マイルドかもな。

「流石にそれは……いや、全面的に否定はできないか。忠誠心が過ぎるのも困りものだな」

「というか兄貴が緩すぎぎんだよ。もっと伯爵様だぞ！　って胸張っとけよ。序列的には国の上位何人かに食い込んでるんだから」

「偉いのは家で、僕はその家を保つための部品に過ぎないからな。流石に何度も斬りかかられるのは勘弁願いたいが、無駄に威張り散らす必要はないだろう」

ただでさえやばいやつ扱いなのに家の名前に胡座《あぐら》かいてたらさらに評判悪くなるでしょうよ。

謙虚に慎ましく。よっぽどじゃなければ権力の濫用は控える方針だ。

「ご立派だねえ。なーんでこれで魔人だ奇人だ言われるのかたまにわかんなくなるんだよなあ」

でもまあ理由はなんとなくわかる。

たぶん、レックス・ヘッセリンクは貴族社会に迎合しなかったんだろう。普通の貴族ならなあなあで済ます部分も、レックス・ヘッセリンはきっちりこなしてきたからこその変わり者扱いなんだと思う。

「貴族からしたら自分達の決まりから逸脱した存在は全て変人に見えるのさ。特に僕はヘッセリンクだ。色眼鏡《めがね》を通すと何割増しかで変わり者に映るんだろう」

「個人的にはヘッセリンクの家来衆!?　みたいな目で見られるのは嫌いじゃねえんだけどな」

「本来なら肩身の狭い思いをさせていることを謝罪する場面なのだが、うちの家来衆は一切気にしていないからな」

みんなヘッセリンクの家来であることに誇りを持ってる感がすごいからな。

まだ短い付き合いだけど、僕も彼らに愛着があるよ。

「そりゃそうだ。魔人と名高いレックス・ヘッセリンクがどんなやべえやつかと思ってみりゃあ兄貴自体はすこぶるまともときた。お袋さんもいい人だしな。まあ、あいつだけは若干変わりもんだけど年に一回会うか会わないかだから置いておくとして。給料もいいし仲間も気のいいやつらばかり。文句言ったらバチ当たるぜ？」

ああ、あの子ね。国都に来て初めて会ったけど、確かにあれは驚いた。まあ、可愛いと言えば可愛いんだけどなあ。

「そう言ってもらうと雇い主冥利に尽きるな。みんなに愛想を尽かされないよう精々努力するとしようか」

「頑張ってくれよ？　嫁もできりゃあ次は貴族様の義務、子作りが待ってってからな。子守りは任せとけよ。俺が立派な技術教え込んでやるから」

「なんの技術を仕込むつもりだお前は。アリスに任せるに決まってるだろう」

そんな他愛《たわい》もない話をしつつ屋敷で過ごすこと数日。ついにカニルーニャ伯が国都に入ったと連絡が来た。

屋敷を訪れた従者がすぐにでも面談の段取りをと求めてきたのでカニルーニャ伯の都合に合わせると伝えると、今日今から顔合わせをしたいと強く希望しているらしい。

僕としては構わないけど、なにかあるのか？

結論。何かあるどころじゃなかった。


「どういうことか、説明していただけますか？　カニルーニャ伯爵」

テーブルを挟んで深々と頭を下げるカニルーニャ伯爵。くっきりした二重と通った鼻筋が目を引く口髭がゴージャスなイケオジだ。

若い頃はさぞモテただろう。

そんな人物が平身低頭で謝り続けている。

「お怒りはごもっともだ。こちらから国都にお越し願っておきながらこのような始末。不手際をお詫《わ》びするほかない」

「頭を下げる必要などありません。僕は事実確認をさせていただきたいだけだ。先日カニルーニャ伯より縁談を進めたい旨を記した手紙をいただいた。封蠟《ふうろう》も間違いなくカニルーニャのものだった。そこには速やかに国都で落ち合い、縁談の事実を内外に知らしめたいとあったように記憶しているのだが……いかがか？」

間違ってないよな？　貴族独特の迂遠《うえん》な言い方でもなく、そのものズバリの内容だったと思う。

「言い訳などするつもりはない。全てそのとおりだ。だが、事情が変わった」

「エイミー嬢を妻にと強く求める貴族が現れた、か。しかも相手は十貴院の四に位置する古参貴族」

要は僕以外にエイミー嬢との婚姻を望む男性が声を上げたらしい。

しかもその相手は大貴族中の大貴族だ。普通なら相手なんかしたくない。

「アルテミトス侯爵家は王族の血に連なる名門。王城の要職を務める人材も多く輩出していて支配力も強い。そんな家から娘をと求められては、すぐに断ることなど困難だ」

「僕がカニルーニャ伯の立場であっても同じ対応をするだろう。貴方を責めるつもりはない。責められるべきは無粋な真似《まね》をしたアルテミトスだ。恐らく、わかっていてやっているのだろう」

「まさしく。でなければ社交デビューすらしていない娘を求められることなどありえない」

「理由がわからないが、まさか我が家への嫌がらせか？　まったく、くだらん。エイミー嬢の人生を何だと思っているのか。イラつかせてくれるじゃないか。メアリ!!」

最悪、僕に嫌がらせするだけならいいけどエイミー嬢の人生もかかってるからな。

ふざけた真似をされて僕も少しイラッとしてる。

もしかして、精神がレックス・ヘッセリンクに引っ張られてるのかな？

「はっ。御前に」

僕の普段と違うテンションを察したのか、弟分としてではなく、ヘッセリンク家の家来衆として膝をつくメアリに、可能な限りの威厳を込めて指示を出す。

「オーレナングに早馬を飛ばせ。ジャンジャックを召集する。可及的速やかに国都に来るよう伝えろ」

土魔法のスペシャリストであるところのジャンジャックは、一対一より集団戦が得意らしい。かち込むなら、うってつけの人材だ。

本当はオドルスキも呼びたいけど、それだとオーレナングの守りが薄くなっちゃうからね。

「御意」

僕の意図を正確に汲《く》み取《と》ったメアリが短い返事だけを残して立ち上がるのを見て、カニルーニャ伯が慌てたように声を上げる。

「ジャンジャック……鏖殺将軍を？　何をなさるおつもりかヘッセリンク伯」

「知れたこと。古来より、人の恋路を邪魔する輩は馬に蹴られて死ぬと相場が決まっている。アルテミトスは馬ではなくヘッセリンクに蹴られて死ぬことになるでしょう」

「馬鹿な！　アルテミトスに戦を仕掛けるおつもりか!?　考え直されよ。私とて娘が不幸になるとわかっていて望まぬ先に嫁がせるつもりはない。時間をくれ。アルテミトス侯は知らぬ仲ではない。意図を確認し、必ず上手く収めてみせる」

あれ、そうなの？

義父になる人にそこまで言われたら少し考え直すか？　感情のままに動くと、また魔人ポイントが貯《た》まっちゃいそうだしね。

あ、メアリ。さっきの早馬の指示キャンセルで。

「無駄でございますカニルーニャ伯爵様。我が主《あるじ》は既にアルテミトスを攻めることを決めました。この決断は絶対でございます。我が主はエイミー様を妻とするため、アルテミトス領を蹂躙《じゅうりん》するでしょう」

おおい！　何を力強く断言してるの？　決めてないよ？　先方が諦めてくれるなら矛を収めるつもりでいたよ？

「娘を想う気持ち、親として涙が出る思いだ。だが、それとこれとは話が別だ。そもそも戦力が違いすぎる！　いかにヘッセリンク伯や家来衆が一騎当千の強者でも」

「心配には及びませんとも。我が敬愛する主が魔人と呼ばれる所以《ゆえん》をお見せいたしましょう。憚《はばか》りながら、我ら家来衆も微力を尽くさせていただきます。なぜか？　それだけの価値がエイミー様にはあると家来衆一同確信しているからでございます。ヘッセリンクの悪夢、でしたか？　そろそろ国都の劇団に新しい題材を提供してもいい頃合いだと愚考いたします」

僕が止める声がまったく聞こえていないかのような素晴らしい手際でメアリが早馬を飛ばした結果、なんと数日も経たないうちにジャンジャックがやって来てしまった。

普段の執事服じゃなく、傷だらけの鎧《よろい》を装備している。

あまりに早すぎる歴戦の将軍様の降臨に、カニルーニャ側もドン引きだ。

聞いたところによると、ここまで馬を何頭も代えながら不眠不休で飛ばしてきたらしいけど、その割にはまったく疲労の色が見えない。

「アルテミトス侯爵家ですか。よろしい。十貴院の入れ替えは歴史上でも複数回起きております」

「ということはつまり、潰していいってことだな？　爺さん」

拡大解釈が過ぎるよ、兄弟。まったく、血の気が多いのは悪い癖だよ?

ほら、言ってやってよジャンジャック。

「ええ、ええ。メアリさんの解釈で間違いありませんとも」

ダメだった。常識的な判断をしてほしいのに、篤《あつ》すぎる忠誠心が邪魔をしている。

内心、オドルスキを呼び出した方がまだ話が通じたんじゃないかとも思ったが、すぐにそうでないことが判明する。

「話を聞いて憤慨するオドルスキさんを抑えるのに苦労しました。レックス様の許可など必要ないと言って直接アルテミトス領に乗り込もうとしましてな。最終的にはアリスさんとユミカさんの説得で領地に留まることに同意してくれましたが……いや、もう少しでオドルスキさんと刃を交えるところでした」

「笑えねえ！　オド兄と爺さんのタイマンとかほぼ内戦だろ。今頃アリス姉さんにこってり絞られてるんじゃね？」

「まあ、それはそれであのお二人にはいいきっかけになるかもしれませんがね」

それは確かに。今お邪魔虫がほとんどいないからぜひ、なにか進展があってほしい。帰った時に結婚報告があってもいいくらい。

って、そんなレベル感の話はしてないんだけど、家来衆は止まらない。

「そのオドルスキさんと、必ず横槍を入れた犯人の首級を挙げると約束して参りましたので、早速取りかかるとしましょう」

「そうだな。これ、アルテミトスの屋敷のある街の地図な。あと、こっちが屋敷の間取り」

いつの間に？　と思うだろう。ジャンジャックに早馬を飛ばしたその日に、メアリもアルテミトス領に即旅立った成果だ。

アルテミトスの場所だけ見てくるわー、とか言いながら大した準備もなしでふらっといなくなったと思ったら、制圧のための情報を携えて帰ってきた。

この成果にはジャンジャックもにっこりだ。

「素晴らしい。流石はメアリさんですね。仕事が早く、かつ丁寧だ。ふむ、やはり北よりも南側から攻め入った方が屋敷までの距離が短い」

「あ、そっち選ぶ？　距離の長い北からじわじわ攻めて圧をかける方が良くねえかな？　あんまり短時間で終わらせても仕方ねえだろ」

「一理ありますね。いやあ、メアリさんもヘッセリンクらしさが身に付いてきましたね。頼もしい限りです。では、明朝出発でよろしいかな？」

ヘッセリンクらしさとは。小一時間くらい問い詰めたい。ジャンジャックが本当に満足げなのでなんとも言えないけど。

というかじわじわ攻めることには一理ないです。

「あいよ。兄貴と俺と爺さんの三人だけだからな。兄貴もそれでいいよな？」

良くないよ！　と突っ込む前に、口半開きで推移を見守っていたカニルーニャ伯爵がたまらず声を上げる。

「待ちたまえ！　ヘッセリンク伯爵、貴殿も笑っていないで止めないか！」

いやいや、笑ってないですよ!!

え、笑ってた？　ほんとに？　もしかして、レックス・ヘッセリンクが顔を出してたか？

「そもそもなんだその地図と間取り図は!?　いつそんなものを準備したんだ!!」

「おいおい親父さん。あんま怒鳴ると血管切れるぜ？　爺さんが来るまで暇だったからな。ちょっと行って見て回ったんだよ。どうせすぐに攻め込むことになるだろうから」

「見て回っただと？　街だけならまだしもアルテミトスの屋敷を？　信じられん。侯爵家の屋敷だぞ？　部外者が散歩がてらに立ち寄れる場所ではない！」

「はい、これ」

「なんだこれは？　……な！　これは我が屋敷か!?　なぜこの通路まで。これを知っているのは歴代の当主だけのはず！」

「親父さん。屋敷の安全管理、だいぶ甘かったぜ？　こないだカニルーニャに行った時俺が親父さんの命狙ったらあんた、もうこの世にいねえわ」

「なんなのだ貴様は。侍女ではないのか？　そもそも女ですらないのか!?」

ばれたか。

まあメアリも隠すつもりは一切ないみたいだけど。意外とエイミー嬢が来ることを喜んでくれてるみたいだしな。メアリは思いのほかユミカを可愛がってるし、そのユミカをエイミーちゃんが可愛がってくれているのが嬉しいらしい。

メアリが見事なカーテシーを披露しながら、男の声と表情で自己紹介を行う。

「改めまして。俺はメアリ。レックス・ヘッセリンク伯爵付の従者兼護衛、兼暗殺者だ。ヘッセリンク家に仕える前の所属は『闇蛇』」

そうそう、僕が潰した裏組織の名前だ。かっこいいと思ったのは秘密です。

「闇蛇だと……？　ヘッセリンクの悪夢で淘汰《とうた》されたあの闇蛇か!?　なんと……ヘッセリンク伯爵、貴殿はとんでもないものを抱え込んでいるのだな」

口は悪いけど可愛い弟分ですよ？

「人材発掘が趣味なのですよ」

「聖騎士、鏖殺将軍、闇蛇か。羨ましいが、私には御す自信がない人材ばかりだな。その刃がこちらに向かないことを祈るだけだ」

「向きませんとも。なぜなら私と伯爵は近日中に義理とはいえ親子の間柄となるのだから。そうでなくても僕らの刃は魔獣にのみ向けられるものだ」

「味方ならこれほど心強いものはないな。娘を欲するのも、その人材発掘の一環かな？」

そう言われると否定できないけど、一番の理由はエイミーちゃんがめっちゃ可愛いから！

スレンダーで丸顔。食べてる時の笑顔が極めて素敵な僕のタイプど真ん中だから！

「その一面があることは否定しないが、単純にエイミー嬢を好ましく思ったからだ。彼女とならこれまで以上に素晴らしい生活を送れると確信しています。それとこれは秘密だが、私はたくさん食べる女性が好みなんですよ。強く、美しく、よく食べる。手前味噌《みそ》だが、彼女を一番幸せにできるのは私だと自負している」

「魔人レックス・ヘッセリンク、か。本当に碌《ろく》でなしでいてくだされぱアルテミトスに乗り換えることも考えただろうな。だが、そのように臆面もなく娘への愛を語られては父としてもカニルーニャ家当主としても貴殿に娘を嫁がせることが最良と判断せざるを得ない」

「素晴らしい判断でございますカニルーニャ伯爵様。では、僭越《せんえつ》ながら私共ヘッセリンク伯家が貴方様の憂いを取り除いてご覧入れましょう」

心強いけど、取り除き方に問題があるんだよなあ。うちの家来衆はなにかと暴力に訴えがちな面が目立つから、ハメスロットみたいな普通の、ノーマルな執事がいてくれたら安定すると思ってスカウトした次第だ。

カニルーニャ伯爵も慌ててジャンジャックを止める。

「だから待てと言っているのだ。先日アルテミトス侯爵家宛《あて》に娘は既にヘッセリンク伯爵と婚約している旨書面を送っている。普通であれば流石にそれを読めば諦める。婚約者のいる娘を横取りしたなどと広まれば後ろ指を差されかねない。それは面子《メンツ》を重んじる上位貴族としては許容しかねるだろう」

そんな義父（仮）の言葉を鼻で笑うのは、美しすぎる暗殺者。

「普通なら、ねえ。どうも普通じゃねえ貴族に仕えてるからか、疑《うたぐ》り深《ぶか》くなっていけねえわ。どう思う？　爺さん」

メアリの言葉を受けて、ジャンジャックは深々と頭を下げた。カニルーニャ伯の言葉を否定するという意思表示だ。

「現アルテミトス侯爵は質実剛健の士。そのような人物が横紙破りに出たのです。簡単に諦めるとは思えません。最悪の場合、カニルーニャ伯爵様に面子を潰されたと苦情めいた脅しをかけてくる可能性すらございます。メアリさん、いつでも出発できる準備を。返事が届き次第、開戦です」

ジャンジャックの身体から何かいけないものが噴き出るのを感じた。

殺気？　闘気？　怒気？

普段どおりの微笑《ほほえ》みに似せつつ、普段は見せない好戦的な獰猛《どうもう》な笑みを浮かべている。

「あいよ、将軍殿。そういえば、エイミーの姉ちゃんはなにしてんの？　全然姿見ねえけど」

「ああ。部屋から出ないように言ってあるのでな。今頃身体が鈍《なま》らないよう鍛錬でもしているのではないかな？　そうだ。ヘッセリンク伯の持参してくれた魔獣の肉には本当に助かった」

今回国都に来るにあたって、僕は魔獣の肉を多めに持参した。言わずもがなエイミー嬢の腹を満たすためだ。

あの子を空腹にはさせんぞ、という意思表示でもある。

「何を仰るか。美味《うま》いものを食べている時のエイミー嬢はまるで天使のようだからな。早く顔を見たいものだ」

僕の言葉にようやく父親の顔を見せるカニルーニャ伯。多分この人はとても優しい人なんだと思う。

なんとなく和やかな雰囲気になりかけたので、あとは僕がジャンジャックとメアリを宥《なだ》めれば丸く収まるかと思われたその時、闖入者《ちんにゅうしゃ》が現れる。

実質軟禁状態のはずだったエイミー嬢だ。

「お父様！　もう我慢なりません！　エイミーは、直接アルテミトスへ出向き、ヘッセリンクに嫁ぐことを伝えてまいります！」

この部屋はカニルーニャ伯の私室。

普段なら父親が一人で執務を行っている部屋なので物申すために乗り込んできたのだろう。

だが、今日は僕達がいる。

目が合った途端、白い肌がみるみる赤くなる。

「……レ、レックス様？　あの、これは、違うんです！」

「エイミー……まったくお前という子は！」

言いつけを破って執務室に突撃してきたことに烈火の如《ごと》く怒るカニルーニャ伯爵。

普段穏やかな人が怒ると怖いというあるあるをそっくりそのまま体現したかのような激怒具合だ。もしかしたらこの人、若い頃はヤンチャしてたのかもしれないな。

優しい父親の、見たこともない剣幕《けんまく》にすくみ上がるエイミーちゃん。

このままだと話が進まないのでなんとか伯爵を宥めたうえでエイミーちゃんを部屋から連れ出した。

「うう……顔から火が出そうです……」

自分の台詞《せりふ》を思い出したのか部屋から出た途端に顔を手で覆って座り込む。色白だから顔が赤くなるのがすぐわかるね。

そんなエイミー嬢にからかうような声がかけられる。

「いやー、兄貴のいる場で父親に力強くヘッセリンクへの嫁入りを宣言するなんて、最高だったな」

「爺めは感動のあまり涙が出てまいりました。いけませんな、歳を取ると涙腺が緩んでしまって」

メアリは腹を抱えて笑い、ジャンジャックは涙を拭うふりをしてみせる。

「思い出させないで！　まさか父の執務室にレックス様達がいらっしゃるなんて思ってもみなかっ

たんですもの」

「いやいや、本当に褒めてんだぜ？　あれ見せられたらやっぱりあんたが兄貴の正妻にふさわしいって、そう思わざるを得なかったわ」

「然《しか》り。貴族の婚姻など家の利益の上に成り立つものですが、レックス様と奥様の間にはしっかりとした愛がございます。歴史に残る素晴らしい夫婦関係を築いていただけることでしょう」

愛とか言うな。いや、確かにエイミーちゃんは可愛いけど。いかんな顔がにやける。

「もう！　やめて！　恥ずかしい……レックス様も笑っていないでなんとか仰ってください！」

「男冥利に尽きるとだけ言っておこう。大丈夫だ。エイミー嬢を他の男に譲る気など毛頭ないからな」

「ひゅーっ♪　よ、色男！」

「茶化《ちゃか》すなメアリ。実際我が家は既にエイミー嬢を迎え入れる方向で動き始めているんだ。それを十貴院の三だか四だか知らないが、他家に引《ひ》っ搔《か》き回《まわ》されるわけにはいかない」

「だからといってアルテミトスに戦を仕掛けるなどと、正気ですか？」

「正気かつ本気だ。いや、アルテミトスが引いてくれるならその限りではないのだが、恐らく引かないだろう。なら、思い切って殴り合いを仕掛けた方が、こちらの覚悟が伝わるというものだ」

「それでも戦だなんて……」

本当はやりたくないけど二人がやる気満々だしな。

僕としてもエイミーちゃんを取られるのは面白くないし、避けて通れないことだと思って諦めよう。

開幕からゴリ丸とドラゾン召喚で一気に片をつければ被害は最小限で済むはず。

「仕方ない。冷静に考えて、我が家が侯爵家に確実に勝っているのが『暴力』だからな。はっはっは！」

自虐が過ぎるかな？　実際侯爵家がどんなものなのかよくわかってないけど、コマンドが何も言ってこないから勝ち目はあるんだと判断している。

「兄貴、『戦力』な。流石に暴力は人聞きがワリイよ」

「まあ、我々の戦力が魔獣以外に向けられたらそれはもう暴力と呼ばれるのでしょうな。それこそが我らヘッセリンクが恐れられ、隔離される理由でもあるのですから」

「まあ、そういうことだ。頭を下げてやり過ごせるならそうするが、今回は我を通させてもらう。遅くとも十日以内に終わるだろう。それまで待っていてもらえるかな？」

ジャンジャックは往復七日で攻略に三日を想定している。普通の戦なら人の移動にもっとかかるけど、僕らは三人だけだからあっという間だ。上手く運べば八日で帰ってこれるらしい。

「わかりました。レックス様にお任せいたします。しかし、一つだけわがままを聞いてください。ダメですか？」

「内容によるが、一応聞いておこう」

「私もアルテミトス領に連れていってください！　自らの口でレックス様に嫁ぐとお伝えします！　女が自らの縁談に口を出すのははしたないことでしょう。ですが、慣例など知ったことではありません！　そうだわ、父上には縁を切っていただくようお願いしなければ！」

「ちょ、おい！　エイミーの姉ちゃん！　……行っちまったよ。どうすんの？　ただのお嬢さんじゃねえから護衛の手間はねえにしても、縁切りまでさせて連れていく必要ある？」

もう、エイミーちゃんったら脳筋なんだから。こんなんで縁切りされたら責任取れんし、そもそも伯爵が家から勘当された女性と結婚するのはありなのか？

僕は気にしないけどそれこそ慣例が邪魔をするんじゃないだろうか。

「ない。ないのだが、連れていくのもありだ。僕達の仲睦《なかむつ》まじい姿を見せつけて諦めさせるというのはどうだろうか」

「ふざけてんならオーレナングに帰るぜ？」

「待て待て。半分冗談だ。アルテミトスがなにをするかわからないからな。エイミー嬢は僕達の近くにいた方が安全だろう？　もちろん彼女が腕力でどうこうなるとは思わないが優しい子だ。お父上を人質に取られたりしたら抵抗できない可能性がある」

「半分本気なのかよ。まあいいや。なら俺がここに残るか？　街一つくらい兄貴と爺さんだけでやれるだろ？」

それは頼もしい。

メアリが護衛に残ってくれれば危険度は大きく下がる。攻城戦とか街に対しての攻撃はジャンジャックの独壇場らしいし、僕の召喚もあれば二人でもなんとかなるはずだ。

「それもありだな。さて、どうするかな？」

「爺めとしましてはお連れしても構わないかと。婚前旅行と位置付ければ、レックス様と奥様の仲も深まりますしな」

「お付きが暗殺者と鎧の将軍で穏やかに過ごせるもんかね？　俺ならゴメン被るわ」

第三章　転生貴族と恋敵

結局、カニルーニャ伯爵から送ったお手紙に対して、アルテミトス侯爵側からのお返事は届かなかった。

埒《らち》が明かないと判断した僕達《たち》は予定どおりアルテミトス侯爵領に向かうことにしたのだけど、懸案だったエイミー嬢の同行についてもカニルーニャ伯爵が同意してくださった。連日繰り返された嘆願に根負けしたようだ。

自分が貴族の娘として異質だと自覚していることでわがままを言わなかったエイミー嬢が口にした、初めてのわがままだったらしい。初めてのわがままでも聞けるものと聞けないものがあると思うがどうだろう。

カニルーニャ伯爵もだいぶ迷ったようだけど、最終的には僕に丸投げする形で娘の旅立ちを見送った。もちろん縁切りもなしだ。

僕、エイミー嬢、ジャンジャック、メアリの四人旅。

ハメスロットやメイド陣が同行を申し出たけどそこはお断りさせてもらう。アルテミトスの目的がわからないなかで守る対象は一人でも少ない方がいいし、貴族家当主、その婚約者、執事、メイド（男）と非常にバランスが取れた布陣なのでお付きを増やす必要もないという判断だ。

馬車と歩きの旅は非常に順調だった。

行く先々で金塊の描かれたマントを指差されたけど、絡まれることもなくもう一息でアルテミトスの都というところまで到着すると、そこでようやくアルテミトス側からの接触があった。

騎馬が土埃《つちぼこり》を上げながら近づき、僕達を視認した馬上の男性が軽やかに地面に降り立つ。

「その外套《がいとう》、ヘッセリンク伯爵家の方々とお見受けいたします！　私はアルテミトス領軍所属、フィルミー斥候隊長であります！　お名前と御用件をお教え願いたい！」

役付の領軍兵士だった。態度はキビキビしていて気持ちのいいものだったけど、目は笑っていない。油断しないようにしないと。

「アルテミトス侯爵領軍の斥候隊長殿か。お勤めご苦労。私はレックス・ヘッセリンク。護国卿《きょう》と言った方が伝わりやすいかな？　これらは執事のジャンジャックとメイドのメアリ。それと、我が妻エイミーだ。用件は、新婚旅行といったところだ。噂《うわさ》に聞くアルテミトスの美しい風景を見て回る予定なのだが、わざわざ斥候隊長の出迎えがあるなんて、なにか不都合があるのかな？」

「ご、護国卿ご本人ですか!?　失礼いたしました！　このままお進みください。私は一足先に街に戻り、ご来訪を主《あるじ》に伝えてまいります」

当主本人だとは思わなかったらしく、片膝をついて頭を下げる。どこかの鍛冶屋《かじ》みたいに襲いかかってこないだけましだ。

「こちらに事を大きくするつもりはない。妻とゆっくり出歩くだけだ。侯爵の手を煩わせるわけにもいくまい」

「いえ、しかし。主よりヘッセリンク家縁の方が街にいらっしゃった場合、例外なく知らせよと命じられておりますので。ご容赦ください」

まじか、待ち構えてるのかよ。まあ侯爵側も流石《さすが》に僕が直接来るとは思ってなかっただろうけど、どうするかな。

ジャンジャックを見ると特にリアクションはないので好きにしろということだと解釈した。

「ふむ。真面目に職務にあたろうとする貴殿の邪魔をするのは得策ではないか。よろしい。侯爵にはくれぐれも派手な歓待は不要だと伝えてくれ」

明らかにホッとしたような表情のフィルミー斥候隊長。中間管理職は辛《つら》いね。わかるよ。

「確かにお伝えします。では、ごめん」

来た時以上の勢いで走り去る斥候隊長。仕事できそうだなあ。うちに純粋な斥候っていないよな？

メアリがその役割を担ってくれてるけど本職じゃないからなあ。ぜひうちに欲しい。

「なかなかの練度でしたな。眼《め》の動き、足の運びとも隙がない。最大限こちらを警戒しつつも、爽やかな態度で不快感を与えない。レックス様ご本人と聞いて取り乱したのは減点ですが、流石に侯爵家ともなると斥候一人取っても質が高い」

「ジャンジャックの眼鏡《めがね》に適《かな》うのであればぜひ我が家に欲しいが、さて」

「人材確保の算段はあとにしとけよ。まずはこのあとどう出てくるかだろ？　派手な歓待はいらんって言われても向こうさんからしたら、はいそうですかとはならねえわな」

確かに。元々歓待する気はないだろうけど、かといって待ち構えてるくらいだからまったくリアクションがないわけもなく。

エイミーちゃんはどう考えるかな。

「我が妻、我が妻、新婚旅行、新婚旅行……」

「おら、惚《ほう》けてる場合かよ！」

アリスにするようにメアリの拳骨《げんこつ》がエイミーちゃんの頭部を直撃する。

おい、無理するなよ！　と思ったけどアリスよりエイミーちゃんの方が丈夫なのか。

それでも貴族の娘をどつくのはやめさせよう。

「つは!!　あ、ごめんなさいメアリさん。響きが幸せで浸ってしまいました。いけないわね、ここは敵地だというのに。よし！　気を引き締めます」

なんだか照れるな。旅の途中も僕にべったりだったし、これだけ好かれるとどうしたらいいかわからん。そんなに好かれるようなことした記憶もないんだよなあ。

「頼むぜエイミーの姉ちゃん。ある意味あんたが主役だ。このままアルテミトスの屋敷に直行して高らかに兄貴との婚約を宣言してくれ」

「改めて言われると恥ずかしいわね。でも頑張るわ！　だって、私はレックス様のつつつ妻なのだから！」

「奥様、落ち着いてください。レックス様もおりますし、僭越《せんえつ》ながら爺《じい》めもお側《そば》におります。落ち着いて奥様が既にヘッセリンクに嫁いだことを知らしめてくださいませ」

煽《あお》るな煽るな。

自然体のエイミーちゃんでいいんだよ。そのままでいてくれ。

「しかし、何回来ても慣れねえな、あの街のでかさ。遠目で見てもこれだぜ？」

比べちゃいけないのかもしれないが、うちは屋敷と別棟があるくらいだからな。店があるわけでもないし、観光名所があるわけでもない。整備しても魔獣にやられるだけだから森も放置しっ放しで風光明媚《めいび》とは程遠い。

「流石は侯爵の治める土地といったところか？　ある程度自然を残しつつ、それでもなお十分発展していることが見て取れる。道行く人々の表情も明るい。領主としては決して無能な一族ではないということか」

「ご存知《ぞんじ》のとおり、アルテミトスは代々王城勤務の秀才を数多く輩出する名家でございます。その分、クソ真面目を絵に描いたような家ですが」

「そのクソ真面目な家がわざわざ僕達の縁談に横槍《よこやり》を入れてきた、か。これは案外本気でエイミー嬢を欲しているのか？」

そうなるとどうなるんだ？

暴力じゃなくて理性的な話し合いが求められるのか。その方が奇人だなんだってイメージを払拭できて僕としてはメリットがあるな。

「それならそれでやりやすいんじゃね？　エイミーの姉ちゃん、わかりやすく兄貴にべったりだし。それ見せれば諦めるだろ」

そっち!?

「もう！　メアリさん！」

満更でもない様子で顔真っ赤にしてクネクネしてるの可愛《かわい》い。

あと考えられる可能性は……。

「エイミー嬢が魔人レックス・ヘッセリンクに騙《だま》されてると思い込んで強行策に出てくる可能性もある」

「いやいや。いくらなんでもそんな不確かであやふやな根拠で仕掛けたら平民でも大喧嘩《おおげんか》だ。貴族同士なら名誉がどうとか面倒なことになるだろ」

「そうだな。流石にそこまで馬鹿ではないと願おう」

はっはっは！　と高笑いしていると、街から騎馬が駆けてくるのが見えた。先ほどの斥候隊長と、もう一騎。

質実剛健、実用一辺倒の革鎧《かわよろい》を着た斥候隊長と比べると、なんだかこう、ギラギラした装備なのが遠目にもわかる。

先行する騎馬に向かって、斥候隊長がお待ちくださいとか、なりませんとか言ってるのが嫌な予感しかしない。

程なくして斥候隊長を振り切った騎馬が僕達の前に到着する。

装備同様、ぎらついた表情の男。男前なんだけど、なんというか一つ一つの顔のパーツがはっきりしすぎてて、くどいな。

「俺はアルテミトス侯爵家嫡男、ガストン。カニルーニャ伯爵令嬢エイミー様を魔人レックス・ヘッセリンクの魔の手より救う者なり!! さ、エイミー様。俺が来たからにはもう安心だ。その男はこの俺が駆逐してみせます!!」

メアリが天を仰ぎ、ジャンジャックがため息をつく。

エイミー嬢はあまりのことに口が半開きのまま固まってる。

「願いは届かず、か」

願いを聞き入れてくれなかった神を心中で罵倒しながらどうするか考えていると、斥候隊長がようやく追いついてきた。

「若様! この件については侯爵様が取り仕切ると、そう仰《おっしゃ》られたばかりでございます! にもかかわらずこの軽挙。いかに若様とはいえ見過ごすわけには参りません!」

「黙れフィルミー! たかだか斥候の分際で何を抜かすか! 俺は正しきことを為《な》すのみだ!」

「今の若様に正義などありません！　今なら間に合います。お戻りください！」

「くどい！」

果敢にも僕達とガストンの間に立ちはだかり、次代の主人を必死に諫《いさ》めようとする隊長さんに対し、その心が一切届いていないような発言と態度に終始するガストン。

斥候の分際とは酷《ひど》い物言いだ。ジャンジャックも認める有能さだよその男は。メアリも目を見開いて啞然《あぜん》としている。

「凄《すげ》え。絵に描いたようなバカ殿じゃねえか。あれが後継ぎとか終わったなアルテミトス」

「いかに優れた貴族家でも、思想と育て方を間違えば不良が出るものですな。レックス様と奥様のお子様は我々が心血を注いで真っ当なヘッセリンクにお育ていたしますのでご安心ください」

真っ当なヘッセリンクなんて、いい予感が一切しない。世間一般に受け入れられる真人間に育てていこうと心に誓う。

「ヘッセリンクの武勇伝などハリボテよ！　闇蛇を一人で壊滅させた？　なぜ世間がそんな与太《よた》話を信じるのか理解できん！　おおかた得意のペテンを使ったのだろうよ！」

「違うのです！　ペテンなどではありません！　ヘッセリンクというのは」

「ええいうるさいうるさい！　すぐに俺の手勢が出撃してくる。俺に逆らったこと、覚悟しておけ！主人に逆らうなど言語道断。一兵卒からやり直させてやるわ！」

まじで!?　流石にそこまでされたらアルテミトスの領軍やめちゃうんじゃない？

スカウトのチャンス来た！

「お、いいねいいね！　あの兄ちゃん、うちに誘えそうじゃね？　斥候隊長待遇で引き抜こうぜ！」

「うむ。ジャンジャック、報酬等の交渉は一任するぞ」

「御意」

「何をコソコソと話しているのだ。そもそも、侯爵家を前に頭が高い！　控えよ！」

「あー、ガストン殿？　貴殿は侯爵家の嫡男でしかなく、私は伯爵家当主だ。地位の高低は理解しているかな？」

僕、伯爵。君、侯爵の息子。ここの格差、わかってる？

「侯爵家が伯爵家よりも格上なことなど子供でもわかることだろう。貴様こそ立場がわかっているのか？　俺が父に言えばアルテミス侯爵家はヘッセリンク伯爵家に戦を仕掛けることになるのだぞ？」

全然理解できてなかった。というか大丈夫かこの子。うちのパパ偉いんだぞ！　って言ってることに気付いてないのか。ほら、エイミーちゃんがだっせえなこいつって目で見てるよ。虫けら以下だよ。

「戦とは恐ろしい。だが、貴殿の発言は侯爵家の見解であると思ってよろしいのかな？　つまり、アルテミトス侯爵家は私、レックス・ヘッセリンクが卑劣な手段を使い、カニルーニャ伯爵令嬢エイミー様を洗脳、あるいは脅迫して我が物にしようとしている。それを正し、エイミー様を救うためにアルテミトス侯爵家はヘッセリンク伯爵家に戦を仕掛けると」

「護国卿様！　誤解でござ」

「そのとおりだ！　俺はアルテミトス侯爵家の嫡男。それつまり次代の侯爵ということ。俺の言葉は父の言葉も同然。わざわざ父の手を煩わせるまでもない。レックス・ヘッセリンク。貴様は俺がこの手で成敗してくれる！」

フィルミーのフォローも虚《むな》しく途中で遮られた。

メアリとジャンジャックは、首ほぐしたり手首足首ほぐしたり、アップを始めてる。

そうですかやる気ですか。

だが、最後の抵抗を試みてみる。頼むから気付けよバカ殿。

「ふむ。聞いたな？　ジャンジャック、メアリ。アルテミトス侯爵家ははっきりと我々ヘッセリンク家と敵対すると宣言したわけだ。さて、困った」

「困りましたなあ。平和的、理性的な解決の道が閉ざされてしまいました。かくなるうえは力で道理を通さざるを得ないかと、爺めは愚考いたします」

「なるほどなるほど。鏖殺《おうさつ》将軍と呼ばれた家来衆筆頭のジャンジャックがそう言うのであれば、武力による解決以外に道はないのだろうなあ」

「白々しさが凄えよ兄貴も爺さんも。なあそこのバカ殿さんよお。あんた、当主でもねえのに他家に喧嘩《けんか》売ってんだぜ？　意味わかってるか？　斥候隊長さんの言うとおり、今なら頭下げればなかったことにできるんだぜ？　頭冷やせよ」

メアリが答え言っちゃったけど、まあそういうことだ。

頼む、プライドを曲げて頭を下げてくれガストン君。

「なんだ貴様は!?　ふん、顔だけは美しいが、礼儀を知らぬ。いいだろう。事が済めば貴様は我がアルテミトスで雇ってやろう。ありがたく思え」

ダメだ、本物のお馬鹿さんだったか。

頼むぜアルテミトス侯爵さん。子供の教育ぐらいちゃんとしといてくださいよ。

「ガストン殿、僕とエイミー嬢の婚姻に横槍を入れたのが貴殿なのはわかった。侯爵ご本人が絡んでいないようで、その点だけはホッとしたと言っておこう。しかし、なぜそのようなことを？　侯爵家嫡男でありながら、貴族の慣例に反したのはなぜだ」

「知れたこと！　エイミー様は身体《からだ》が弱く、社交会デビューも果たせていない深窓の令嬢。俺はエイミー様を子供の頃から知っている。身体は弱いが聡明《そうめい》な方だ。それが貴様のような魔獣を狩るしか能のない田舎《いなか》貴族に嫁ぐという。おかしいと思わないわけがない」

ん？　後半の僕 dis は置いておいて。こいつ、エイミー嬢を知っていたのか。

メアリも白けたような顔でエイミーちゃんを見る。

「蓋開けてみりゃなんてことない。あのバカ殿、普通にエイミーの姉ちゃん狙ってんじゃねえか。え、知り合い？」

「いえ、記憶にありませんね。私は基本的に領地から出ない生活を送っていましたので。他家の方とお会いする機会など数えるほどです。アルテミトス侯爵家の方とお会いしたなら忘れるはずはないと思うのですが……」

そう言って首を振るエイミーちゃんの言葉を受けて、ガストン君が男臭い笑みを浮かべた。

「無理もない。幼い頃、俺が一方的に一目見かけただけなのだから。だが、それ以来俺は片時もエイミー様を忘れたことなどない。なんらかの理由で領地に軟禁されていることは知っていた。だが、それも俺が侯爵を継げばどうとでもなる。そう思っていたのに、ヘッセリンクなどという田舎貴族に嫁ぐだと!?」

田舎田舎うるさいな。すごくいいとこだよ。自然豊かだよ。魔獣も豊かだよ。常に死と隣り合わせだよ馬鹿野郎！

ふぅ、落ち着こう。

「幼い頃からエイミー嬢の美しさに気付いていた点は高く評価しよう。しかし、事は家同士の話だ。どちらにしても侯爵様と直接話をせねばならない。貴殿とはそのあと男同士で語り合おうじゃないか」

「父と話す必要などない。貴様はここで俺に成敗されるのだからな！　魔人レックス・ヘッセリンク、覚悟しろ！」

正気かガストン君。流石にこれはもう庇《かば》えないかなあ。

「おおー。街から騎馬隊が出てきたぜ？　敵か味方か」

「ガストン殿ははっきりとアルテミトスはヘッセリンクの敵だと宣言しましたからな」

ジャンジャックはやる気満々だ。メアリもナイフを抜いてクルクルと回しながら臨戦態勢に入る。

「お待ちください！　あれは領軍のなかでも侯爵様直属の隊です！　敵ではありません！」

「フィルミー殿、でしたね？　侯爵家御嫡男がはっきりと我が主の命を狙うと口にしたのですよ？今この場では、アルテミトスであること即《すなわ》ち敵なのです。そこに個人や集団の意思は関係ありません。残念ですが、お互い無傷というわけにはいきますまい」

「何をなされるつもりか!!」

ジャンジャックとの距離を詰めようとするフィルミー。

しかし残念。そこはうちの暗殺者の守備範囲だ。メアリが気配も音もなく背後に回り、首筋にナイフを突きつける。

「おいおい、動くんじゃねえよ隊長さん。アルテミトスが敵ってことは、あんたも例外じゃないんだぜ？」

「……っ！」

怖いだろ？　刃物も怖いし、見た目美少女なのに地声がバリトンボイスっていうギャップもこのシチュエーションでは恐怖を煽る材料だ。美声なんだけどね。

息を呑《の》むフィルミーの耳元で、なおも低く鋭く囁《ささや》くメアリ。

「黙って見てろ。鏖殺将軍様の妙技を直接見れるなんてなかなかないんだからよ。可哀想《かわいそう》になあ。恋に狂ったバカ殿のせいで、あいつら、全滅だぜ？」

「やめろ！　やめてくれ!!」

悲痛な声を上げるフィルミーに笑顔を見せたジャンジャックが両手で複雑な印を結び、高らかに声を上げた。

「土魔法の真髄をご覧あれ。『土石牢《ろう》』」

ジャンジャックの決して大きくはないけど豊かに響く声が聞こえた瞬間、こちらに向かって走ってくる一団に、どこから来たのかと問い詰めたくなるほど大量の土砂が降り注いで瞬く間に小山を形作った。

うわ、すげえ。土魔法が四天王最弱っぽくて地味とか言ったの誰だ！　僕だ！　ごめんなさい。

「ふぅー♪　派手だね爺さん！　これだけやりゃあ街からも十分見えてるだろ。おかわりが来るぜ」

「何人来ようが、囚人が増えるだけです」

土砂で作った即席の牢屋か。埋まった敵は皆囚人ってね。

「かっこいいねえ。流石は鏖殺将軍殿。どうだい斥候隊長。ジャンジャック将軍の二つ名の理由を目の当たりにした感想は」

「なんだあれは!?　土魔法の域を超えているだろう!!　どこの土魔術師が一瞬で山をこさえるというんだ!?」

「目の前にいるだろ。その爺さん、なんだったら本気じゃねえからな。知ってるかい？　鏖殺将軍の鏖の字は、それだけでみなごろしって読むんだぜ？　鏖殺将軍鏖殺将軍って言うけど、冷静に考えると結構やばい二つ名だよなあ、爺さん」

字を変えたら皆殺し将軍。響きのヤバさは暴れん坊将軍の比じゃない。しかもこの二つ名、国内外に轟《とどろ》いてて、子供を叱る時に使われるんだってさ。言うこと聞かないと鏖殺将軍が来るぞーって。

「若気の至り、でしょうか。土魔法使いというのはどうしても侮られがちでございましてなあ。一対一ならなんとかなると勘違いした者どもがまあ殺到するのです。血の気の多さに任せて千切っては投げ、千切っては投げと続けた結果、みなごろしと」

「はっはあ。爺さんの千切るは比喩じゃねえってか？」

「さあ？　どうでしょう。ただ強いて言えば……若い頃の私は今と違って加減が苦手でした」

「うちで一番えぐいのが爺さんだってのは周知の事実だから。オド兄から聞いた若い頃の爺さんの武勇伝とかちょっと気の弱いやつなら失神するレベルだから」

「はっはっは。もしかしてそれは隣国の斥候隊を生き埋めにした一件ですかな？　いや、それとも反乱を企てた下級貴族の屋敷を押し潰したアレの可能性も」

ストップ！　具体例を挙げるのはやめなさいジャンジャック。僕はそのちょっと気の弱いやつに含まれるから気絶するよ？

生き埋めとか押し潰すとか聞こえてない。きっと聞き間違いに違いない。

「ジャンジャック、メアリ。戯れはそこまでだ。僕はこの考えの足りない坊やの教育に着手する。ジャンジャックは街から出てくる兵士を一人残らず駆逐しろ」

「御意。いけませんな。爺めとしたことが久々の戦場に年甲斐《としがい》もなく興奮していたようです。ご容赦ください」

「構わんよ。しかし執事仕事よりも若々しいじゃないか。オーレナングに戻ったら森に入る回数を増やすか？」

なあんてね。小粋な主従トークで重くなった雰囲気をほぐしてあげる僕。なんて気遣いのできる上司なんだろう。

「是非是非！　オドルスキさんが目に見えて腕を上げているのを見ると、血が騒いで仕方がありません」

ほぐすどころか薪《まき》をくべたようです。

まじかー。なおさらハメスロットを引き抜いて屋敷の仕事を任せる体制を作らないといけないみたいだ。

「十分人間兵器のくせしてまだ血が騒ぐのかよ。まじでどうなってんだよヘッセリンク」

「その一角だということをお忘れかな？　メアリさん」

お前が言うなと思ったら、それにはジャンジャックも同意見だったようだ。

そりゃそうだろう。女装した凄腕暗殺者とか属性過多にも程がある。

「そのとおりだ。お前はヘッセリンクの最新作だということを自覚するように」

「ヘッセリンクの最新作ね。悪くねえと感じてる時点で毒されてるんだろうなあ。で？　俺はこのまま斥候隊長殿を足止めでいいんだろ？」

ヘッセリンクの最新作って皮肉も含んだんだけど、満更でもないみたいだ。

まあ、今更うちの家来衆がズレてることについて突っ込んでも仕方ないことには薄々感づいてるけどさ。仕事はしっかりしてくれるので文句を言うのはバチがあたるか。

「絶対にフィルミー殿を放さないように。わかってるだろうが、その男をただの斥候と思うな」

「あいよ。悪いな斥候隊長殿。兄貴と爺さんが認めたあんたが一番の危険人物だ。この場から半歩たりとも動かさねえよ」

「魔人レックス・ヘッセリンクと伝説の鏖殺将軍ジャンジャックに評価されるなど光栄なことこの上ない。が、今の私の立場からすればこれほどの屈辱もない」

侯爵家領軍に属する隊長格が、見た目ほっそい女の子《男の子》に抑え込まれて身動きできないでいるのは精神的に辛いだろうな。

でもスカウトを考えてる身としては怪我《けが》をさせたくない。申し訳ないが、事が終わるまでそのままでいてください。

「心配すんなよ。こんな形してわかりにくくて申し訳ないけど実は俺、元闇蛇なんだわ。そう、ヘッセリンクの悪夢で潰されたあの闇蛇。俺ってば意外と凄腕なわけ……。だからさ、安心して命の心配してくれよな」

安心して命の心配しろという激しい矛盾。その履歴を明かしたら安心できないと思うなあ僕は。

「闇蛇……なぜ」

ほらね、フィルミー隊長、顔面蒼白《そうはく》。

そりゃそうだ。暗殺者に捕まってるって自覚したら怖いよね。

顔色の変化に気付いたのか、メアリが首筋から少しだけ刃物を遠ざける。

「まあ、俺は兄貴に助けられたクチだ。頼むから動くなよ？　我がヘッセリンク家はあんたを正式にお招きするつもりでいるから。アルテミトスより命の危険は格段に上がるが、その分給金は悪くねえ。同僚も気のいい連中ばかりで妙な諍《いさか》いも皆無。それに、なんたって雇い主は世界一の男だ。少なくともおたくのバカ殿みたいに斥候職を下に見たりは絶対にしない」

完璧なリクルート活動だ。しかし、世界一の男なんて照れるな。あとで賞与を検討します。

「……前向きに検討させてもらう。生きていたら、な」

よしよし、我が家は優秀な人材には適正な評価と報酬を約束します。

元々家にいてくれた皆が主力として頑張ってくれているけど、今後人を増やしたければ自分で口説くしかないみたいだから。機会を逃さないことが大事だ。

結果的にエイミー嬢、ハメスロット、フィルミーときているると思えば、なかなか順調じゃないか。

さて、じゃあ僕も仕事をしますか。

僕の視線に気付くとジャンジャックとメアリの動きに呆然《ぼうぜん》としていたバカ殿が再起動した。

「なるほど。確かにヘッセリンクの家来衆は噂どおり相応に優秀なようだ。だが、それはあくまでも貴様自身の力ではない！　俺はこの場で貴様を成敗し、エイミー様に俺自身の価値を証明してみせる！」

お前と一緒にするなバカ殿様。

「本当にやるのか？　正直なところ、私はあまり乗り気じゃないのだが。そもそもエイミー嬢は既に私の妻となることが決まっているのだから争点にすらならない。そうすると、貴殿と争っても我が方にいいことが一つもないのだ。このままでは現役の伯爵が侯爵家の嫡男をいじめたという醜聞が広まるだけではないか」

暗に、お前と殴り合って得られるメリットを提示してみなさいよと伝えてみる。

普通ならこんなやっすい煽りには乗らないが、今回の相手はバカ殿様だ。案の定、安々と挑発に乗ってしまう。

「その余裕がどこから来るかわからないが、いいだろう。万が一、貴様が俺に勝つことができれば侯爵家の所領の好きな場所を譲ってやる」

「な!?　若様!!　何を!?」

そりゃ焦るよね。

口約束とは言っても勝手に領地を賭けの対象にしたんだから。

僕でもそれはダメだってわかるくらいなのになぜ彼にはわからないのかが、本当に不思議だ。

家来衆はさぞ将来を儚《はかな》んでいることだろう。

僕なら今の当主のうちに転職活動して、代替わりした瞬間に辞める。

「はーい、黙ろうな。あんたは重要な証人だ。見てみろよあの爺さんの顔。うちの利益とそちらの不利益が最大になる場所を計算してんだぜ？」

口を挟もうとするフィルミーはしっかりとメアリが抑え込んでいる。確かに悪い顔してるなジャンジャック。さっき山を作った時とは違う種類の悪辣さが表れてる。

「鬼か貴様らは……」

「鬼の中でも、より悪辣な鬼なんだなあ、俺達は」

僕を巻き込まないでいただきたい。こんなに失礼な態度取られても笑顔で根気強く話聞いてるんだから鬼とまでは言えないでしょうよ。

せっかくだからあと一回だけチャンスをあげよう。

「ガストン殿。もう一度だけ聞くのだが、引く気はないか？　これが最後の譲歩だ。もし引いてくれないのであれば、私は貴殿を無傷でアルテミトス侯爵にお返しすることができなくなる。頼むから一言すまんと頭を下げてもらえないだろうか」

「くどいぞレックス・ヘッセリンク！　俺は貴様の首を挙げ、エイミー様を娶《めと》る。そもそも頭を下げるのは貴様だ。次期侯爵である俺に対して無礼極まりない態度の数々。許されるものではない！

どうせ生きて帰ろうともアルテミトス家との戦になるのだ。遅かれ早かれ貴様の命運は尽きておるわ！」

ここまで言っても伝わらないとなると、望みはないか。

下手に出るのはやめよう。僕は今から怖い伯爵。僕は今から怖い伯爵。

よし！

「貴殿はどうしようもない阿呆《あほう》だが、エイミー嬢の素晴らしさに気付いたという一点に限れば真実を見通す眼を持っていたと言えるだろう。それだけに残念だ。次期侯爵であろうと今はただの人に過ぎないにもかかわらず、伯爵家当主である私に対する不遜な態度の数々。命運が尽きたのはそちらだと知れ。冥土の土産《みやげ》に、魔人レックス・ヘッセリンクと呼ばれる所以《ゆえん》をお見せしよう。おいで、ゴリ丸、ドラゾン」

最近癖になってる二頭同時召喚。ごっそり何かを持っていかれるこの感覚にも慣れたものだ。

ノータイムでゴリ丸達が天から降ってきて着地と同時に地面を揺らす。凶悪な見た目に反して僕に身体を擦《こす》り付けてくる可愛い子達。はっはっは、よしよしいい子だ。

「うお！　二匹とも喚《よ》びやがった！　過剰戦力だろ！　周りの被害考えろよ馬鹿伯爵！」

メアリがそれまで拘束していたフィルミーを背中に庇いながら怒声を上げた。

誰が馬鹿伯爵だ。あ、僕か。

「上級貴族家当主への侮辱罪は死罪。近い将来命を落とすことになるのですから、レックス様の力の一端を目の当たりにして逝けることは最高の手向けになるでしょうなあ」

「残された家族には一生忘れられねえよ、息子が魔獣の餌とか。あーあ、またうちの評判だだ下がりだな。そんな家に嫁入りとかエイミーの姉ちゃんも可哀想に」

そんなこと言って嫁に来てくれなくなったらどうするんだと心配になったけど、半笑いのメアリに対してエイミー嬢はなぜか自慢げに胸を張っていた。

「そんなことはないわ。魔人レックス・ヘッセリンクの妻になれると思うだけでワクワクしているもの！　評判が落ちたなら上げればいいだけよ。メアリさんも手伝ってくれるのでしょう？」

妻が天使だった件。

僕の周りには天使が集う宿命なのか。神よ、感謝いたします。

「くっくっく！　前向きだねえ。奥様の言うことは絶対ってか？」

「あら、ゴリ丸ちゃんとドラゾンちゃんも手伝ってくれるのかしら？　ふふっ、くすぐったい。二人とも甘えん坊さんね」

半笑いから苦笑いに笑みの種類を変えるメアリを尻目に、ゴリ丸とドラゾンがエイミー嬢にも身体をスリスリしていた。

お前達犬なの？　猿と竜じゃなかったかい？

「だからなんで懐いてんだよお前らは……いや、違うか。なんで手懐《てなず》けてんだよあんたは」

「私がレックス様の妻だとわかってくれているのではないかしら？　ほら、二人とも頷《うなず》いてくれてる。頭がいいのね。脅威度の高い魔獣というのは皆知能が高いのかしら」

うんうんと首肯する召喚獣達。

地球なら動画撮って投稿したら再生回数稼げそうだな。賢いペットは癒やされるからね。

まあ、デカすぎる双頭の猿と骨だけの竜では癒やされないかもしれないけど。この子達で癒やされるのは多分僕とエイミーちゃんだけだ。

「こいつらが特別なんじゃねえの？　森で遭うやつらは本能剝《む》き出《だ》し系ばっかだし。なあ、兄貴」

「そうだな。食うことと縄張り争いだけで生きてるからな魔獣というのは。ゴリ丸達は魔獣ではなく召喚獣だから、そのあたりが知能に影響を与えているのかもしれない。でなければ、エイミー嬢を僕の妻だなんて認識しないはずだ」

次に召喚する魔獣の知能が高ければそういうことなんだろう。次の召喚獣か。全然二頭で事足りるんだけど。追加より二頭がグレードアップする方がいいなあ。

「なるほどねえ。……で？　どうするよ、そいつ。白目剝いて大の字って。予定どおりどっちかの餌にするか？　あ、嫌なのね」

そう。ガストンがやけに大人しいのはゴリ丸達を目の当たりにした瞬間に気を失ったから。

刺激が強すぎたか？　こんなに可愛いのに。

餌にするかとメアリの視線を受けたゴリ丸達が揃《そろ》って首を横に振るとことか最高にキュートだ。

絶対美味《おい》しくないし食べたくないのはわかる。僕も可愛い二頭にこんなもの食べさせたくない。

さて、どうしたものかね。

「レックス様。街から騎馬が出てまいりました。いかがなさいますか？　お許しいただけましたら爺めが拘束いたしますが」

「ふむ、そうだな。暴れられても面倒だ。まとめて土の中にいてもらうとするか」

僕の許可を得たジャンジャックが再び印を結ぶのを見て、フィルミーが慌てたように大声を上げる。

メアリは彼に害はないと判断して拘束を解いていた。

「待て、いや、お待ちください！　アルテミトス侯爵ご本人です！　先頭の！　黒い外套の人物！」

「へえ、本人が出てきたってか？　おうおう、先頭切って走ってるあれ？　ははっ、馬鹿息子とは似ても似つかないような迫力してんじゃん。流石は上級のなかの上級だねえ」

なるほど確かに迫力あるな。髪は真っ白だけど、角刈りが異常に似合ってる。遠目に見ても身体がでかいし乗ってる馬もでかい。

何より護衛のはずの兵士をぶっちぎって駆けてくるのがすごい。

「その上級のなかの上級が自ら馬を駆って出張ってくるとはな。なかなかどうして、血気盛んじゃないか」

老いてなお盛んか。ジャンジャックといいアルテミトス侯爵といい、かっこいい爺さんの多いこと。ハメスロットやカニルーニャ伯爵も含めていい歳《とし》の取り方してるね。

まあ、アルテミトス侯爵はこれからの対応次第で敵になる可能性が高いんだけど。

「当代のアルテミトス侯爵は、ともすれば文に偏りがちな家系の中では珍しく武に長《た》けた方。もちろん文も備え、まさに文武両道。愚かとはいえ、嫡男の危機となれば飛び出してこられることも十分想定されたことでございます」

へえ、一族的には変わり者の部類なのかな？

侯爵なんていう偉そうな立場にいながら碌《ろく》に武装もせずに魔人なんて二つ名のやべえやつのいるところに突っ込んでくるんだからやっぱり変わり者なんだろうなあ。

嫌いじゃないからできれば敵対したくない。

そんな勝手な希望を抱きながら待つ僕の前に、ようやくアルテミス侯爵ご本人が到着した。

近くで見ると一層でかいな。縦も横も。

「その外套……其方《そなた》が魔人レックス・ヘッセリンク殿か」

声も渋いじゃなあい。イケおじだ。

歳はカニルーニャ伯爵とそんなに変わらないくらいかな？　よし、負けてられない。

んんっ！

「私に魔人である自覚はないが、いかにも。初めてお目にかかるのがこのような場であることを残念に思いますよ、アルテミトス侯爵。さて、色々と申し上げたいことはあるが、多忙な御身を長々と拘束するのも憚《はばか》られる。早速だが本題に入りたいが、いかがだろうか」

精一杯武張った声を出してみた。

裏返ったりしてないよね？　大丈夫？　あ、ジャンジャックが満足げに頷いてる。よしよし。

「是非もない。愚息が面倒を掛けたようで顔から火が出る思いだ。カニルーニャ伯にも申し訳が立たぬ」

お？　これはいい感触。

「事情はご存知なのですね？」

「無論だ。一人の父親としては、息子の望む嫁を娶ることに賛成すべきなのだろうが、残念ながら私は家を守ることを第一義とする上級貴族だ。我がアルテミトス侯爵家は、レックス・ヘッセリンク伯爵とカニルーニャ伯爵家令嬢エイミー殿の婚姻を祝福する」

やったあー！　戦争回避！　エイミー嬢との結婚もほぼ確定！　考えられる中で最良の結果じゃない？

よし、落ち着け。確認事項はまだあるぞ。

「念のためにお尋ねするが、カニルーニャ伯に横槍の手紙を送ったのは、侯爵ご本人ではないのですね？」

「そのようなことをするものか！　貴族として古来よりのしきたりを守ることこそ何より重要だ。家と家が合意した縁談に嘴《くちばし》を挟むなど言語道断である。大方、愚息が一部の家来衆を抱き込んで私に話が届く前に事を起こしたのだろう」

未来の侯爵に取り入って美味《うま》い汁吸おうとしてるやつらがいるんだろうね。

「嫡男とはいえ当主を騙《かた》って他家に手紙を送るとは呆《あき》れた話だが……この件についてはこれ以上事を荒立てるつもりは毛頭ない。御子息とその取り巻き共の手綱をきっちりと引き締めてくだされば
それで結構でございます」

「かたじけない。色んな面で取り返しのつかないことになるところであった。命を落とした家来達には可哀想なことをしてしまったがな……」

ん？　ああ、そうか。あれを見たら思うよね。

「命を落とした？　はて。なんのことだろうか。誰か落馬でもされてお亡くなりになられたのか？

それはお悔やみ申し上げる」

迷惑を掛けられた意趣返しにとぼけてみせると、鬼の形相で歯をぎりぎり鳴らし始める侯爵。めっちゃキレてるけど必死に押し殺してる。

親父《おやじ》はめっちゃ理性的なのに息子はなんでああなったのか。偉大な父を持つプレッシャーかな。いや、最大限親父のコネを使おうとしてたし元々の資質か。

「ヘッセリンク伯。この状況でその発言は笑えぬよ。こちらに非があるのは重々承知している。だが、命を落とした兵を侮辱するようような」

「ジャンジャック」

怒ってるみたいだし早々に種明かしだ。はい、ご注目くださいねー。

「御意。『釈放』」

印を結び呪文を唱えるジャンジャック。

後で聞いたら出す時と消す時で印の結び方が逆の動きになるらしい。

とにかく短い作業で小山が一瞬で消え去る。魔法とは神秘だ。小山が消えると、土砂に呑まれた兵士と馬達が相当数倒れ込んでいる。

それらを目掛けて動ける兵士達が一斉に走り出し、同僚の安否を確認して手で大きく丸を作った。

「おお、おお！　なんということだ……生きているのか？　全員が！」

「元々誰一人殺すつもりなどなかった。最悪ガストン殿の命は失われたかもしれないが、このとおりだ」

白目、失禁、大の字。

うん、まあ流石に親としては顔を覆いたくなるよね。

「どれだけ親に恥をかかせれば済むのか……おい！　早くこの馬鹿者を屋敷に運べ！　いいか、絶対に部屋から出すでないぞ！　見張りは部屋の内外に置け。決して抱き込まれぬよう一軍の者をだ」

一軍とは侯爵直属の組織らしく、バカ殿の言うことは一切聞かないらしい。

「さて。これからの話ですが」

「こんなところではなんだ。我が屋敷に案内しよう。食事でもしながら話をしようではないか」

そう言われて連れてこられたのは、アルテミス侯爵の屋敷のなかでも最奥にある侯爵の私室で、メイドさん方が次々と料理を運び込み、最後には冷水で満たされた樽《たる》に複数の酒瓶が浮いているものまで用意された。このテンションで呑む気なのがすごい。

「ヘッセリンク伯、エイミー嬢。改めて、この度の愚息の不始末をお詫《わ》び申し上げる。このとおりだ」

人払いを済ませると、侯爵は深々と頭を下げた。さっきも感じたけど、相当偉い人なのに素直に頭を下げてくるのが潔い。

簡単に非を認めたり頭を下げたりしちゃ成り立たない立場だろうに、柔軟というかなんというか。

「十貴院の四に位置するアルテミトス侯自らに頭を下げられては振り上げた拳を下ろさざるを得ません。結構です。この件はガストン殿の愛が暴走した結果の不幸な事故だったということで収めることとしましょう」

エイミー嬢を見ると、笑顔で頷いてくれた。これは可愛い。

「レックス様がそれでよろしいのであれば私から申し上げることはございません。頭をお上げください侯爵様。事情がありほとんど人前に出ることのできなかった私を覚えていてくださったこと、嬉《うれ》しく思います。ガストン殿にはそうお伝えください」

しかもバカ殿への気遣いも忘れないなんて本当に優しい子だ。僕なら二度と顔見せるなくらい言いそうだけど、このあたりはカニルーニャ伯の人のよさを受け継いだのかもしれない。

「かたじけない。愚息は性根を叩《たた》き直《なお》すために親戚筋にあたる武家の領軍に放り込もうと思っておる。身分など関係なく、腕に覚えのある者だけに発言権があるような家にな」

「それはそれは。もしも一廉《ひとかど》の力をつけるようなことがあれば、勧誘に参るかもしれません。楽しみにしていましょう」

まあ、無理だろうけど。ガストンにしても恋敵の下で働きたくないだろうし、うちに来れるほど伸びもしない気がする。

「あれでも我が家の嫡男なのでな。引き抜きはご遠慮願いたいものだ。……さて、ここからは真面目な話だ。斥候隊長のフィルミーから聞いたのだが、なんでも愚息が領地を賭けて貴殿に挑んだとか」

あら、それ話題にしちゃいます？　スルーしても許されるのにほんと潔いおじさんだね。

「こちらとしてはなかったことにするつもりだったのですが。わざわざ話題にされてしまっては詳しく詰めるしかなくなってしまいますよ？」

「それこそ十貴院の四に座る家の当主としての自尊心というもの。くだらないと笑われるかもしれないが、次期当主が家来の前で口にしたのだ。反故《ほご》にしては将来必ず禍根を残す。それならばいっそのこと速やかに清算した方が長い目で見れば傷口は浅くて済むものだ」

敵ながら天晴《あっぱ》れと。いや、敵じゃないんだけどここまで言われると清々《すがすが》しいよ。見縊《みくび》ってたことを謝らないといけないな。

「なるほど。十貴院に連なる者としてその気概、見習わせていただく。そして、今回の件を侯爵ご自身が企てたものと疑ったことをお詫び申し上げたい」

今度はこちらが深く頭を下げる。

そんな僕を見て侯爵が目を丸くしていた。

「貴殿と向かい合って話をしていると、魔人という通り名がそぐわないように感じるな。いや、その若さでそれだけの態度がとれることがもしかすると変わり者と見られるのかもしれぬが」

褒められて悪い気はしない。

「それは買い被《かぶ》りというもの。慣例を破り続けた貴族の鼻つまみ者というだけのことです。幸い家来衆には恵まれ、伴侶を得ることもできた。これからはできるだけ大人しく生きていきたいと思っているのです」

「はっはっは！　それは無理だろう。人には天分というものがあり、生まれついた星というものがある。貴殿が望まずとも厄介事の方から近づいてくるかもしれぬな」

酷い。でもなんとなく理解できる気もするので反論もし辛いな。厄介事が近づいてくる星の下か。大人しくしてても無駄ならいっそ暴れ回る？　だめだ、それだと魔人の二つ名に箔《はく》がついちゃう。

「さて、話が逸《そ》れたな。領地分割の話をするとしよう」

「それについてはこちらからお願いしたいことがある。先ほど申し上げたとおり、侯爵より話が出なければなかったことにしようと考えてはいましたが、もしも話が及んだ場合には是非にと思っていた。聞いていただけますかな？」

屋敷に来るまでの間にジャンジャックとメアリには話して同意を得ている。ジャンジャックは本気で領地分割を狙ってた節があるけど、僕の案には笑顔で頷いてくれたし、メアリも言うと思ったよとため息をついていたので抵抗はなし。

「まずは希望を聞かせてほしい。そのうえで侯爵家として譲れる話であれば最大限譲らせてもらう。万が一我が家の屋台骨を揺るがすような領地を所望されるようであれば」

「その時は戦、でしょうね。ご安心ください。私は領地を望んではいません。正直、我がヘッセリンクに広大な領地を経営するほどの人材はおりませんし、そこにきてアルテミトス侯爵家の所有する街など譲られても腐らせるのがオチ」

「となると、相応の金子《きんす》か」

「いいえ、人材です。斥候隊長フィルミー殿を譲り受けたい」

そう、ヘッドハンティングだ。

森で斥候がいるかどうか。結論、いる。オドルスキやジャンジャックの経験や勘があるから特に必要に感じないだけで、本職がいるならそれに越したことはない。

もちろんフィルミーは対人に特化した斥候なので、すぐに魔獣が蔓延《はびこ》る我が領で役に立ってくれるかはわからないけど、森に慣れたらきっとその能力を発揮してくれると思う。

「……そうきたか。なるほど。斥候隊長を呼べ！　最優先でこちらに来るよう伝えなさい！」

「譲っていただけると考えてよろしいのかな？」

「そう慌てなさるな。金子なら私の一存でどうとでもなるが、人となると本人の意思がなにより重要。力があろうとやる気のない人材を引き抜いても宝の持ち腐れだろう。本人の意向を確認し、ヘッセリンク伯家への転籍を希望するならばそのように取り計らおう」

いちいち仰るとおりだ。感触的には我が家に悪い印象は持ってなさそうだったからなんとかなると思うんだけど。

さて、どうかな。ちなみに断られたらお金で補塡《ほてん》してもらうつもりだ。厨房《ちゅうぼう》の人員が増えるし、食費も増えそうだからね。

「斥候隊隊長、フィルミー参りました！」

「ご苦労。入りなさい。さて、お前が領軍に入って何年になるかな？」

「はっ！　十六で入軍し、十八年になります！」

三十四歳か。身体も引き締まってるし、だいぶ若く見える。

「もうそんなになるのか。月日とはこうも早く流れるものなのだな。話は他でもない。ヘッセリンク伯よりお前を譲り受けたいという要請が入っている。この魔人殿は我が領地や金子よりもお前の力を欲していらっしゃるそうだ。どうする？　お前が嫌だと言うなら別の形で話をつけよう。ヘッセリンクに転籍したとて、お前を裏切り者だなどと後ろ指を差させることはないと約束する」

「……私は。私はアルテミトス侯爵家に多大なる恩があります。到底お返しできないほどの恩です。ですが、私がヘッセリンク伯に仕えることでその恩を少しでもお返しすることができるのであれば、喜んで仕える主人を替えたいと、そう思います」

忠臣っぷりがすごい。なおさら欲しい。ジャンジャックも深く満足げに頷いてるな。

「無理はしなくてもいいのだぞ？　我が家への恩などはこの際考えなくてもいい」

「はっ！　先ほどの戦闘でヘッセリンク伯爵様が私を高く評価してくださっていることは理解しております。正直申し上げて、この歳になって今以上に技術を磨くことは不可能だと思っていました。しかし、ジャンジャック殿やメアリ殿の力を目の当たりにし、オーレナングで研鑽《けんさん》を積めば、もう一段上を目指せるのではないかと、そう感じたのです」

「そうか……そうか。わかった。ヘッセリンク伯。聞いたとおりだ。アルテミトス侯爵領軍斥候隊長フィルミーのヘッセリンク伯爵家への転籍を許可する」

「ありがたき幸せ。フィルミー、これからよろしく頼むぞ」

「承知いたしました。斥候として培った能力を生かし、閣下のために微力を尽くさせていただきます！」

フィルミーが膝をつき、頭を下げたその時、コマンドの明るく浮かれた声が頭の中に響く。


【おめでとうございます！　忠臣が閣下の配下になりました！

斥候　フィルミー

執事　ハメスロット
マジカルストライカー　エイミー

それぞれの忠臣を解説します。

《斥候　フィルミー》
アルテミトス侯爵領軍に若くして奉職。現場で技術を身に付けた叩き上げの斥候。斥候としての高い基礎技術に加え、最低限の戦闘能力を有する。
《執事　ハメスロット》
カニルーニャ伯爵家付の執事。できることはできる、できないことはできないと言える実直さが強み。
《マジカルストライカー　エイミー》
カニルーニャ伯爵家令嬢。高い格闘能力と魔力を有し、対魔獣にも十分対応できる実力を持つ。底なしの胃袋を持つため非常に燃費が悪い】

おお、久しぶりだねコマンド。元気だった？
【お久しぶりです、レックス様。あまりに頼ってもらえずスリープモードに移行していましたよ、

ハハッ】

怒ってる？　怒ってるよね。すまん。

【いえいえ、何を仰いますやら。レックス様が私を呼ばないということはそれだけ馴染《なじ》んでいらっしゃるということですから。まあ？　私に聞いていただければ？　アルテミトス侯爵の為人《ひととなり》くらいは？　教えて差し上げましたけどね！】

めっちゃ怒ってるじゃないですかやだー。と、それはまあ置いといて。

忠臣って何さ。いや、その言葉の意味ならわかってるつもりだけど、特にコマンドからのアナウンスがあるっていうことは意味があるんだろ？

【御明察。忠臣とは読んで字の如《ごと》く忠義を尽くす家来のこと。この忠臣システムに該当した家来衆は、その他の有象無象《うぞうむぞう》とは比べ物にならないほどの力と忠誠を見せてくれます】

有象無象とか言うな。ちょっと見ない間に口悪くなってるだろコマンド。

【放置されてた期間、ちょっとじゃないですからね】

ごめんて。悪気はなかったからそろそろ許してくれよ。

しかし、忠臣か。もちろん元からいてくれたジャンジャックやオドルスキ達家来衆も忠臣なんだよな？

【そのとおりです】

家来っていうか既に家族みたいなもんだからなあ、メアリ達は。エイミーちゃんは妻だから本当の家族になるし、ハメスロットやフィルミーが来てくれたらユミカが喜ぶだろうなあ。

早くオーレナングに帰りたい。あ、もちろん僕の一番の家族はコマンドだよ？

【そんなとって付けたようなことを言われたって、嬉しくなんてないんですからね？】

半端なツンデレ風味やめろ。でも、本当にコマンドには感謝してるし、頼りにしてるから、これからもよろしく。

【まあ、そこまで仰るなら許して差し上げましょう。私は心の広い公式サポーターですから】

よかった。機嫌を直してくれた。仕事が忙しくて構ってあげてなかった彼女みたいだよ。こまめなケアが大事なのね。

【レックス様にご報告です。上級召喚士としてのレベルアップが近づいています。新規召喚獣の追加や所有済召喚獣の強化など様々な恩恵が受けられますので、積極的に召喚していきましょう】

レベルアップのアナウンスなんて、某国民的ＲＰＧの教会機能まで備えてるのかコマンド。あとはどんなことができるんだ？

【秘密です。慌てない慌てない。いずれ、お伝えしますから】

ということはまだ色々できるわけね。楽しみにしておくよ。

あ、ちょうどいいや。亡霊王さんは一体どこにいるのかな？

【亡霊王マジュラスを従えるには条件が整っていないようです。しかし、マジュラスも忠臣の一人。近い将来、御前に現れることでしょう】

まあ、こっちに来てまだそんなに経《た》ってないからね。手札にあるのに使えない強カードとかよくあるし、エイミーちゃんとフィルミーがうちに来てくれたことを考えれば、亡霊王が行方《ゆくえ》不明でも戦力的には強化されている。

それに加えてハメスロットが執事業務を引き受けてくれたら、ジャンジャックも魔獣討伐に軸足を移すことができる。

つまり収支はプラスもプラス、大幅プラスよ。

【そうですね。正直言って私もあまりの順調さに戸惑っています。閣下の引きの強さは異常です。少しのボタンの掛け違い次第ではガストンが家来衆入りする可能性もあったはず】

ちなみにガストンが忠臣だった場合どんなアナウンスがあるんだろうか。

【特別に披露いたしましょう。

《ドラ息子　ガストン》

アルテミトス侯爵家嫡男として帝王学を叩き込まれたサラブレッド。高い基礎能力を有するものの、世の中を舐《な》め切ったその資質が全てをダメにしてしまった】

oh……。

まあ確かにあのクソ重そうな鎧着たまま意外と軽々動いてたなあのバカ殿。素質はあったのか。まじで軍で鍛えられたら使えるようになるんじゃない？　動向はチェックしておこう。

【アルテミトス侯爵にその旨依頼されたらよろしいでしょう。愚息の資質に護国卿レックス・ヘッ

セリンクが注目してるとなれば悪い気はしないはずです】

そうだな、そうしよう。ダメならダメで近づかなければいいだけの話だし。

まあ、あのバカ殿が忠臣になる気がしないけど、定期的に動向は追わせてもらいましょう。

【アルテミトス侯爵に認められたことでこれ以上の横槍が入ることは考えられません。名実ともにエイミー様と夫婦となるべく、今後は速やかに式の準備に取り掛かるべきかと】

式かー。

アリスが張り切りそうだね。普段着をあれだけギラギラさせてくるんだから、式用の衣装とかどんなんだろう。

個人的にはあんまり目立ちたくない。でも、ドレスアップしたエイミーちゃんは広く見せびらかしたい！

家臣に恵まれた
\ 転生貴族の /
幸せな
日常

KASHIN NI
MEGUMARETA
TENSEIKIZOKU NO
SHIAWASE NA
NICHIJOU

第四章　転生貴族と結婚式

「お帰りなさいませ、旦那様」

オーレナングの屋敷に戻ると、アリスとともにメイド服を着た女性が出迎えくれた。

金髪のアリスとは対照的に銀色の髪を肩の辺りで切《き》り揃《そろ》えた若いメイドさん。

こんな僻地《へきち》に知らない人間が遊びに来るわけがないので、つまりこの子がイリナだな。確か、どこかの貴族のお嬢さんだったはず。

「急な里帰りを許していただきありがとうございました。まさかその間に旦那様のご結婚が決まっているなんて驚きました。この度はおめでとうございます！」

うん、元気で明るい子なんだな。弾《はじ》ける笑顔とはこのことだ。落ち着いたアリスとはいいコンビなのかもしれない。

そんな風に考えながらイリナにエイミーちゃんやハメスロットを紹介していると、パタパタと可愛《かわい》い足音を響かせながら、我が家の小さな天使が駆けてきた。

「エイミー姉様、お帰りなさい！」

普段なら僕に飛びついてくるのだけど、今日はエイミーちゃんがターゲットだ。そんなユミカを膝をついた体勢で優しく受け止めて抱きしめるエイミーちゃんは蕩《とろ》けそうな笑顔を浮かべている。うらやましい。

「おやおや、僕らのことは歓迎してくれないのかい？　寂しいなあ。なあ？　メアリ、ジャンジャック」

僕が声をかけるとジャンジャックは声を出して笑い、メアリは大人げないとため息をついた。

当のユミカは頰《ほお》を膨らませながら手を振り回して抗議のポーズ。

「もう！　お兄様、意地悪言わないで！　もちろん嬉《うれ》しいわ！　お帰りなさい、お兄様、メアリお姉様、お爺様《じいさま》！　ユミカね、たくさんお話が聞きたいわ！」

僕の脚に抱きつきながら見上げてくるユミカを片手で抱き上げ頭を撫《な》でてやると猫のように目を細めた。

「ただいま。いい子にしてたか？　お土産《みやげ》があるからあとで部屋に運ばせよう。当面遠出の予定もないからゆっくり話を聞かせてあげるからね」

「本当!?　約束よお兄様。メアリお姉様も、遊んでくれる？」

「ああ。兄貴が動かないなら俺も屋敷にいるからな。ま、暇つぶし程度に付き合ってやるよ」

普段は斜に構えることも多いメアリも天使には甘いことが判明している。案の定苦笑いしながら首を縦に振った。

「そうだ、ユミカ。今日からこのハメスロットとフィルミーが我が家の一員に加わることになった。

ハメスロットは既に知っているな？」

「はい！　エイミー姉様付の執事さんです。ええっと、ハメスお爺様って呼んでいいですか？」

ズキューン!!

「!!　っ、……ええ。構いません。私はユミカさんとお呼びしても？」

墜《お》ちたな。堅物っぽい他家の執事すら一撃必殺とは恐ろしい。

「はい！　よろしくお願いします、ハメスお爺様！」

頬が緩んでるぞハメスロット。そんな表情を見て長年世話をされてきたお嬢様が信じられないものを見たような顔してるから気をつけて。私にはそんな甘い顔見せたことがないのにって言ってるぞ。

「それと。こちらがフィルミー。十貴院は知っているな？　その四に当たるアルテミトス侯爵家で斥候隊長を務めていたすごい男だ。縁あって我が家に招くことになった。仲良くするように」

僕の紹介に戸惑ったような顔で前に出るフィルミー。

まあ、わかる。この子はなんだろう？　って思うよな。

侯爵家の隊長格ならここがどんなとこかもちろん知ってるわけで。こんな幼い子がいていい場所じゃないって思ってるんだろう。

しかし。

「すごい！　隊長さんだったなんて立派なのねフィルミー兄様は！　ユミカです。あの、ユミカは他の姉様や兄様みたいにすごい力はないけど、ヘッセリンク家のために一生懸命頑張るので仲良くしてください！」

バキューン!!

「くっ、なんと健気《けなげ》なんだ……心が洗われる……んんっ！　私はフィルミー。この家では新参者だ。ユミカちゃんが色々と教えてくれると助かる」

そんなことお構いなしに心を撃ち抜く我が家の凄腕スナイパー。

いや、今のユミカの言葉にその場にいた大人全員が胸を押さえてるな。メアリだけカラカラ笑ってるけど。

「はい、二騎撃墜」

「流石《さすが》は我が家の天使といったところか。そうだアリス、オドルスキとマハダビキアは屋敷にいるか？」

「マハダビキアさんは厨房《ちゅうぼう》で料理に取りかかっています。旦那様がお帰りになると聞いて宴会だと意気込んでいたので当面手は空かないかと。オドルスキ殿は朝から森に出られています。こちらもお館様に捧《ささ》げる獲物をと鼻息荒く出ていかれましたのでいつ戻られるか不明です」

今晩は豪華な食事になりそうだ。二人の紹介はその時でいいか。

「それぞれ仕事に取りかかっているなら仕方ないか。イリナはエイミー嬢を部屋にお連れしてくれ」

「かしこまりました。では奥様、参りましょう」

「そうだ。イリナ。お前にはこれからエイミー嬢の身の回りの世話を任せようと思っているがどうだろうか」

ほんの思い付きでしかないけど、歳《とし》も近そうだし、お互い貴族のご令嬢だ。あとは何といっても明るい。慣れない場所で新しい生活を送るのなら、イリナを付けるのが正解な気がする。

アリスとジャンジャックに視線を移すと二人とも躊躇《ためら》うことなく頷《うなず》いてくれたので、あとは本人のやる気次第。

「わ、私が奥様付？　そんな重要なお役目を任せていただけるのですか!?　ああ！　感謝いたします。全身全霊をかけて奥様のお世話をさせていただきます！」

いいね、やる気は十分だ。ただ、そんなに気負わなくてもいいよ？　リラックスして臨んでくれたら大丈夫だから。

あとでアリスに聞いたら、メイドとして正妻付を任されるのは信頼の証《あかし》らしい。人手が足りない我が家では当然アリスが僕の世話と兼任すると思っていたらしく、思わぬ指名に感激したようだ。

「よろしくね、イリナさん。仲良くしましょう」

涙を浮かべるイリナの肩を優しく抱くエイミーちゃん。いい場面だ。

「ジャンジャック、疲れているところ悪いが、ハメスロットとフィルミーを離れに案内して屋敷の説明を頼む」

「御意。では奥様にはイリナさんから屋敷の説明をしてもらえますかな？」

「はい！」

「メアリは部屋で待機。ああ、その前にユミカに土産を渡しておいてくれ。そのあとは自由にして構わない」

「あいよ。じゃ、部屋に行くぞユミカ」

まあまあの数があるユミカへの土産をひょいと抱えて歩き出すメアリと、それを小走りで追いかけるユミカ。

「癒やされますなあ」

「確かに。まさか魔獣の庭に天使がいるとは思いませんでした」

撃墜された二騎がしみじみと呟《つぶや》いた。

安心しろ。あの天使以外は期待どおりの人外魔境だ。

「アリスは僕の部屋に。今後のスケジュールについて話がしたい。ジャンジャック、ハメスロットも屋敷の案内が終わり次第部屋に来てくれ」

「御意」

流れで一旦解散したものの、皆心得ているようでそう待たされることなくジャンジャック、ハメスロット、アリスが部屋にやって来た。

特にハメスロットとジャンジャックは疲れているところ申し訳ないけど、大事な話なので勘弁してもらおう。

「さて、話は他でもない。僕とエイミー嬢の結婚式についての意見を聞きたい。あまり派手でも反感を買うだろうが、地味すぎてもカニルーニャに申し訳なく感じるところだ……」

やっぱり男親にとって娘の晴れ姿は人生の楽しみの一つだろうし、僕も着飾るエイミーちゃんはぜひ見たい。ただ、派手すぎるとただでさえ低い評判がさらに下がる可能性もある。なら地味でもなく派手でもない中庸な式にするか？

「よろしいでしょうか旦那様。私はヘッセリンク伯爵家のメイド長として、ぜひ可能な限り贅《ぜい》を尽くした式を挙げていただきたく存じます」

おや、アリスが服のこと以外で積極的に意見なんて珍しいが、女性の意見は大事にしないとな。

「貴族家当主の慶事には対外的に家の力を知らしめる効果がございます」

思いのほか貴族寄りの考えだった。もっと、地味な式は奥様が可哀想《かわいそう》！　とかの意見で良かったんだけど、これ幸いとハメスロットも手を挙げる。

「アリス殿の仰《おっしゃ》るとおり。十貴院に属し、魔獣の庭オーレナングを領有するヘッセリンク伯爵家当主の婚姻となればレプミア全土から注目されることは間違いございません。確か先代伯爵様の式には王太子様がご臨席なされたかと。そうですな？　ジャンジャック殿」

「ええ。王太子様、つまりは現国王陛下ですね。この爺《じい》も護衛の一人として式場におりましたので覚えております」

まじで？　いやいやいやいや、絶対無理。職場の上司レベルじゃないじゃない。王様なんて来たって座る席ないよ？

「それは、構わないのか？　王太子様を下座に座らせるのだろう？　貴族とは王家の家来。上下にうるさい輩《やから》が騒ぎ立てたのではないか？」

「騒ぎ立てましたな。ですが、王太子様が一喝され、終《しま》いでございます。いや、痛快でした。騒ぎ立てたのが式に呼ばれてもいない泡沫《ほうまつ》貴族。当家に対する嫉妬からの行動で、王家への忠誠など欠片《かけら》もないのは爺から見ても一目瞭然でした」

「招待客についてはみんなに任せるつもりだが、僕としてはあまり王家の手を煩わせるのは避けたい。特に我が家の婚礼に王家をお誘いするのが慣例なわけではないのだろう？」

「先代様は現国王様と親しい間柄でございましたので特例中の特例として参列されたものです」

親父《おやじ》、国王とマブダチだったのか。会ったことないから実感湧かないけどすごい人だったんだな。

あれ、もしかして僕も学生時代に王太子的な人と仲良かったりするのかな。

【王太子様と閣下は面識こそありますが、言葉を交わしたことが数回あるだけで親しい間柄ではないかと】

なら心配はないな。

「正直、若輩者の僕自身の人脈は相当薄い。少ない友人達《たち》とアルテミトス侯爵をお呼びする以外は会ったこともない貴族に参列願うことになるだろう」

アルテミトス侯には、不幸な行き違いで生じた諍《いさか》いを水に流す証として、僕の後見人を務めてもらうようお願いして快く引き受けていただいた。

結婚式に招待したいことも事前に伝えており、こちらも快諾してもらっている。

「旦那様、招待状を送った皆様から返信が届き始めています。アルテミトス侯爵様をはじめ、ご友人方についても旦那様がぜひ参加してほしいと望まれた皆様からは全て出席のお返事をいただいております」

ハメスロットが籠に収めた手紙の束を差し出してくる。魔人だなんだと敬遠されていたらしいレックス・ヘッセリンクにも、親しい友人が三人いたらしい。友人達からの手紙は別に選《よ》り分《わ》けてくれているのであとで精読しておこう。特徴的なエピソードはコマンドから聞いてるけど、手紙を読んで感じるものもあるかもしれないから。

「そうか。それは良かった。友人達とは、こんな機会でないとなかなか会う時間も取れないからな」

「レックス様のご友人方は錚々《そうそう》たる方々なのですね。クリスウッドの麒麟《きりん》児《じ》リスチャード様はクリスウッド公爵家を十貴院に復帰させるだけの才能があると専らの噂《うわさ》ですし、ロンフレンド男爵家のブレイブ様は学院卒業後に王城からの誘いを蹴ってまでクリスウッドに士官されたのですよね？将来的な地位よりも熱い友情を優先させた結果だと聞き及んでいます。そしてサウスフィールド子爵家のミック様。戦争屋サウスフィールドの次期当主として既に自らが厳選した強者達で一軍を組織しているとか」

エイミーちゃんが頬を赤くして早口で捲《まく》し立《た》てる。

詳しすぎない？　確か最近まで領外にもほとんど出たことがないんじゃなかったっけ？　まあ、ブレイブ君がリスチャード君の家に就職したっていうのは僕も驚いたけどね。

「外に出ることができないからこそ、噂が気になってしまうのです。特に同世代の方々については」

「なるほどそんなものか。僕の友人達に詳しすぎるから危うく嫉妬してしまうところだったぞ？」

「まあ！　レックス様ったら。もちろんレックス様の噂も聞いていましたよ？　ただ、あまりお耳に入れるのも憚《はばか》られるというか、やはり魔人レックスのイメージが強いものが多かった印象です」

仕方ない。レックス・ヘッセリンクがやばいやつだっていうのは僕も嫌ってほど聞かされてるし。

ただ、やばいのは僕であって僕じゃないのでとりあえず笑って誤魔化《ごまか》しておく。

「リスチャードっつったらあれだろ？　兄貴と古巣に乗り込んだっつうやべえ魔法戦士」

そう、前にコマンドからは親友が協力してくれたよとだけ教えてもらったんだけど、詳しく聞くと一緒に闇蛇の本拠地に乗り込んで暴れたらしい。

エイミーちゃんと同じタイプの万能型で、『麒麟児』って呼ばれてたんだとか。

「ああ、そうだな。親友、というやつなのかな？　というか、僕の友人はその三人だけだな。学生時代の後半は常にリスチャードを含めた四人で行動したものだ」

記憶はないけど記録はある。本当に仲が良くて魔人派と言えば今も学校で語り継がれる危険派閥だったらしい。

いや、危険派閥て。

「大丈夫ですレックス様！　私に友人と呼べる方はいませんもの！」

いいんだよそんな告白しなくても！

「俺もいねえな。組織のやつらは大概が敵寄りのライバルだったし。あ、一人だけいたけど生きてんのかな」

悲しいよメアリ！　探すから名前教えて！

「よし、この話はやめだ。式の話をしよう。エイミー、式に呼ぶのは本当に親族の方だけでいいのだな？」

これまで、エイミー嬢と呼んでたけど、呼び捨てにしてほしいと本人から希望があったので最近はエイミーと呼ぶようにしてる。

なんか、まだ照れますね。

「はい。特に親しい方もいませんので。両親他親族一同といったところでしょうか。レックス様はご友人の皆様とアルテミトス侯爵様ですよね？」

「そうだ。まあ、あとは貴族の習いということで、名前は知ってるけど顔は知らない貴族家当主のおじさま方にご参集いただくとしよう」

一定の規模を有し、かつ過去に揉《も》めた履歴のない先に招待状をばら撒《ま》いた。籠の中身を見ると今日現在でまあまあの出席連絡が来てるみたいなので体裁は整いそうだ。

「そのおじさま方につきまして、一つご報告がございます」

ホッとしてると、急に緊張感を漲《みなぎ》らせたハメスロットが口を開く。

やめてくれよ。まったくいい予感がしないじゃないか。

「その表情でいい話なわけはないんだろうが、聞こうか」

「仰るとおり、いい話ではありません。しかし、悪い話でもないのかもしれません。招待状を出していない先から、式に参加したいと熱烈な書簡が届いているのです」

いや、嫌な予感しかしないですよ？

招かれざる客がいい結果をもたらしたことなんて、古今東西あっただろうか。呼ばれてないのに押しかけた魔女に呪われる物語とかもあったよな。あれは結婚式じゃないけど。

「それはそれは。そんなことがあるのかと言いたいが……あまり小さい家には遠慮して送っていないはずだな。我が家かカニルーニャか、それとも参列しているいずれかの貴族と渡りをつけたいといったところだろう。どこの家だ？」

頼む、せめて聞いたことのない小さい家であってくれ！

「私が確認したのは家宰宛《あて》の書簡でございます。詳しくはこちらの旦那様宛の書簡に書かれているかと」

ものすごく豪華な、他の書簡とは比べ物にならないくらい真っ白な紙を使った封筒に、金色の鍬《くわ》と銀色の剣が交差した印が押してある。

はいはい。最近勉強したばかりだから、この印が誰の家のか知ってますよ。

「これは……なんの冗談だ？　いや、冗談でこの印を使う者はいないか」

望みは叶《かな》わず。

はいエイミーちゃん、答え合わせしてみてくださいな。

「よろしいのですか？　失礼いたしま……っ！　これは、お、王家の印、でございますか？　え、ということは」

「王家からどなたかがご臨席を希望されていると、そういうことだろう。ふぅ、絶対的権力者の意図が読めないというのはなかなかに辛《つら》いものだな」

式に出す料理の試作に余念のないマハダビキア、その材料調達に夜通し駆り出されているオドルスキとジャンジャック、夜遅いためお眠のユミカとそれに付き添うアリスを除くメンバーが僕の部屋に揃った。

議題はもちろん王家から結婚式に参加したい旨申し入れがあった件だ。

「結論から言うと、王太子リオーネ様およびそのお付きの方々が総勢百五十名。そのうち百四十名は式の間、式場の警備を務めてくれると書いてあるな。リオーネ様と護衛の近衛十名のみが式に参列すると。理由の記載はなし。なぜ吹けば飛ぶような伯爵家当主の式に参列を希望されるのか。ハメスロット。王太子様がどのような方か知ってる限りのことを教えてくれ」

まずは式に参加したいと言い出したであろう張本人、リオーネ王太子について情報共有を図る。

ここは常識系真面目執事のハメスロットに王太子の為人《ひととなり》を説明してもらおう。コマンドに聞いてもいいんだけど、みんなと共有した方がいい情報だからね。

「御意。まず、リオーネ様はレックス様よりも一つ年下の御歳《おんとし》二十七歳。幼い頃は持病の関係であまり表舞台に出ていらっしゃることはありませんでしたが、ある時期を境に快復されて以降、積極的な国内行脚を開始されました。驚かされるのは行脚にかける時間です。年の半分は王城にいらっしゃらないようですね」

イメージは若い水戸黄門だな。まあ、こそこそ隠れて回ってるわけじゃないだろうし、その土地の悪代官を懲らしめたりもしないか。

ただ、無作為に回ってるみたいだから不意打ちで来られて不正がバレたりはあるかもしれない。

【補足です。定期的に国内の領地を回られる王太子ですが、オーレナングには一度も立ち寄られていません。国王から魔獣の庭に近づくこと罷《まか》りならんと厳命されているようです】

命の保証はできかねるからな我が領地は。

王太子には悪いけど趣味の国内行脚で命を落とされたら王様もたまったもんじゃないだろう。護衛もいるし、かかる費用も馬鹿にならないんじゃないだろうか。

あれ、もしかしてバカ殿系？

「国内行脚がお好きな割にはオーレナングにいらっしゃった記録がないし、僕自身ここでお会いした記憶もない。案外、式に託《かこつ》けてここに来たいだけかもしれんな」

バカ殿系なら十分あり得る。

「まさか。兄貴、流石にそれはねえだろ。もしそうならどんだけわがままだよ。それに言っちゃ何だがここには森と魔獣しか見るものねえぞ」

確かに。でもな？　王族なんてきっとこの世で一番わがままな人種だ。下手《へた》したら魔獣見たいとか言い出すぞ。

「私もまさかと言いたいところですが、残念ながらその可能性は非常に高いかと。王太子様はこの国内行脚に人生をかけていると仰り、将来自らが王冠を被った際にその経験を生かしたいと強く希望されているのです。自分の治める国くらい隅々まで知らずにどうすると」

「アルテミトス領にいらっしゃった際には何の変哲もない農村地帯まで余さず視察されていましたね。むしろ街の中心よりもそちらに時間を割いていらっしゃいました」

ハメスロットやフィルミーの話だけ聞くと、将来を見据えて偉いねって言いたくなる。

若いうちから草の根活動を展開する王太子殿下なんて国民から好かれてそうだ。が、ガストン系の疑いがあるうちは手放しに褒められんぞ。

「そんな王太子様が唯一足を踏み入れたことがないのがこのオーレナングです。あくまでも噂ですが、毎年かなり強くオーレナングを訪問したいと訴えていらっしゃると聞いたことがあります。ただ、命の危険という意味ではオーレナングに肩を並べる土地はありませんので、陛下も絶対にお認めにならないようです」

　国王陛下万歳！　息子にフィールドワークなんかせず城で帝王学を学ぶようしっかり伝えてください。下手こいたら受け入れた側の首が飛ぶんだから。物理的に。

「もし王太子なんていう国の最重要人物がうちの縄張りで魔獣に襲われて死んだら、どこの責任になるんだろうな」

　やめろメアリ！　そんなことになったら絶対にウチのせいにされるに決まってるだろ！　そんなリスク負いたくないんだよ兄弟。

「まったく、怖いことを言うものじゃない。……ちなみに、式の場所を王都に変更したらどうなると思う？」

「王はお喜びになるでしょうが、王太子様はどう思うでしょう。下手な動きをして次代の国王に悪感情を持たれることは避けた方がよろしいかと」

　ですよねー。わかってたよ。言ってみただけ。

「本当に権力者のわがままとは面倒なものだ。人の晴れ舞台を旅行の出しに使うとは。僕もわがままでみんなを困らせないよう気をつけないとな」

「あら、レックス様はもう少しわがままを仰ってもよろしいのですよ？　ねえイリナ」

「奥様の言うとおりです。伯爵様は身の回りのことを全て自分で済ませてしまうので私達の仕事が減ってしまいます。お着替えなどは遠慮なさらず任せていただいてもいいのですよ？」

着替えって、あれ恥ずかしいんだよ。なんで全裸に剝《む》かれて下履きから着せられるんだ。アウターだけでいいから。インナーは大丈夫だから。

「二十八にもなってメイドに着替えさせてもらう貴族の当主がいてたまるか。まあ、僕は対外的にはわがままで通ってるからな。家の中でくらいはしっかりしていた方がいいだろう」

「私の知り合いが仕えている家の当主様は、四十を超えてもメイドが着替えを手伝ってるそうなので気にされなくてもいいと思いますけど……」

それは生粋の貴族屋さんだからであって、僕みたいに慣れてない人間にはハードルが高すぎる。ただでさえアリスやイリナは美人メイドだからいたたまれないんだよ。

「奥様、イリナさん、話が逸《そ》れていますよ。王太子様のご臨席をどうするか。受け入れるのか、お断りするのか。これについては受け入れるしかないということになりますが、よろしいでしょうか」

ハメスロット、ナイス軌道修正。

まあ、王太子からのオファーについては実質受け入れる一択だから仕方ない。

「やむを得ない。ハメスロットの言うとおり、ここで不興を買うわけにはいかないだろう。王太子様にはくれぐれも気をつけてご来訪くださいと返事をしつつ、国王陛下にも一筆奏上した方が無難だろうか」

「無難というか、必須でございます。万全の態勢を敷いて、王太子殿下には毛筋ほどの傷も負わせないと誓われるくらいの文をお願いいたします」

「重ね重ね、難儀なことだ。下書きについてジャンジャック、ハメスロット、オドルスキの三人が目を変えて文言を確認。そのうえで清書を行うことにしよう。イリナ。僕史上最高枚数の書き損じが出るだろうから質の悪い紙を大量に運んでおいてくれ」

そんな風に軽いジョークを交えながら取りかかった王様へのお手紙作り。

それなのにおかしいな。なんで僕はこんなに睡魔と格闘しているんだろう。

「どうですかな？　ジャンジャック殿、オドルスキ殿。私はこれが完成形だと思うのですが」

ハメスロットが書き損じの山に埋もれる僕から王家宛の手紙を受け取り、さっと目を通した後にオドルスキに手渡す。

オドルスキはそれを両手で受け取り、こちらも素早く文字を追ったあと、ゆっくりと深く頷いた。

「これで問題はないかと。近衛の上層部もこれだけの文ならば無礼だ何だと騒ぎ立てることはないでしょう。お見事です、お館様」

次はジャンジャック。

一枚一枚丁寧にめくり、ゆっくりと読み込んでいるようだ。

「素晴らしい文です、レックス様。王家への深い敬意と当家には一切非がないという強い主張をここまで両立させるとは……爺めは感動で打ち震えております」

やった、やったよ!!　ようやく完成した。長く苦しい戦いだった。

しかし、僕はこの戦いに完全に勝利したんだ!!

「ようやく、か。長かったな……みんなご苦労だった。ハメスロット、悪いが早馬の手配を頼む。一刻も早く王家にこの文を届けたい」

「既に一昨日より待機させております」

そう、王家からの手紙をみんなに披露したのは二日前の夜だった。朝までには手紙を書いて、狩りから帰ったオドルスキとジャンジャックに見てもらえばいいかなー、なんて思ってた僕の見積もりの甘さよ。

例えるなら、砂糖の蜂蜜漬けよりもさらに甘かったんだ。

「待たせた詫《わ》びに手当は弾んでやってくれ。しかし、二日もかかるとは思わなかった。難しいものだな、王家への文というのは。息子さんに怪《け》我《が》をさせないよう鋭意努力しますと伝えるだけだというのに十五枚にわたるとは。しかも十四枚半は美辞麗句ときた」

考えられないだろ？

時候の挨拶くらいならいい。多少お世辞も交えた文章くらいなら全然ＯＫ。だけど、なんで長々と王家、国王、王太子を褒めそやさないといけない？　めっちゃ無駄。しかもちゃんと細かい言葉遣いのルールがあったり、軽いジョークを織り込んだり。

頭の中沸騰するわ。

エイミーちゃんとユミカという癒やしがなかったら王城に攻め込んでた可能性すらある。

「貴族言葉とはよく言ったものですが、これを省けば旦那様の教養が疑われる可能性がございます。

その文が王家宛となれば、隙を見せるべきではないかと」

王家宛の手紙は不穏分子の炙《あぶ》り出しを兼ねて近衛が目を通すらしい。

「特に近衛は国内最強の自負を持っています。彼らの嫌いなものをご存知《ぞんじ》ですか？　弱い敵、弱い味方、そしてヘッセリンク伯爵家です」

ジャンジャックが大きなため息をつきながらそう教えてくれた。弱い敵が嫌いってちょっと意味わかんない。

「その並びだと我が家が弱いみたいだな」

「彼らはヘッセリンクを恐れているのですよ。だから『弱い』という言葉で括《くく》り、その恐怖から逃れようとしているのです。確かに近衛は国内最強の精鋭集団ですが、ヘッセリンクに勝てるかというと、難しい」

「当代の家来衆だけ見ても東国の聖騎士に鏖殺《おうさつ》将軍、闇蛇にアルテミトスの元斥候隊長ですか……それは確かに恐れを抱いても不思議ではありませんな」

ジャンジャックの言葉にハメスロットが首を振る。

その面子《メンツ》はもはや災害だな。強いて言えばそこにフィルミーを含めるのは可哀想じゃないかと思う。その並びでは彼が唯一の人間だ。

あとは化け物ね。異論は認めない。

「まあ、最も恐れられているのは歴代のヘッセリンク伯爵です。詳しくは知りませんが、遠い過去に一悶着《ひともんちゃく》あったとか、なかったとか」。

なんだその曖昧な伝聞は。仮に揉めてたとしても遠い過去のことで現役の僕に罪はないでしょうに
「少なくとも僕は近衛と揉めた記憶はないぞ？　……ないよな？」

【近衛を相手取った騒動は、まだございません】

ありがとうコマンド。でも、まだとか言うな。これからも揉めないよう気をつけるから。

【まあ、ご努力いただければよろしいかと】

腹立つ！　無駄な努力してみたら？　絶対揉めるだろうけどねってことか。

くそ、実は僕もそんな気がしてならない。

僕が大人しくしてても向こうが悪感情持ってたら回避できないから。

「近衛なんかと揉めたら忘れねえだろ、と普通は思うけどなんたって兄貴だからなあ。弾みで近衛の二、三人張り倒してても不思議じゃねえか」

「お館様から見れば国内最強の近衛も路傍の石に同じということだ」

違う違うそうじゃない。流石はお館様とか納得しないでくれ。近衛なんて厳《いか》つそうな集団に絡まれたくないいんだって。

「先方が意識してるだけで僕は心から王家関係と仲良くしたいと思ってるのだが。さて、どうなることやら」

「近衛も馬鹿ではありません。王太子様が強引に式に参加することも把握しているでしょう。いくら過去からのいざこざがあろうと式の最中に何かしでかすようなことはないかと」

「つまり、何かあるなら式の後ってか？」

メアリの問いにハメスロットとジャンジャックが首を横に振る。

執事の見事なシンクロ。

「ハメスロットさんの言うとおり近衛も馬鹿ではありませんからな。王太子様の護衛でやって来るのですから、職務中に後ろ指を差されるような行為は慎むでしょう」

いいこと言った。

そう、近衛が来るのは僕に喧嘩《けんか》を売るためじゃない。あくまでも王太子の護衛として来るんだから僕に構ってる暇はないだろう。

しかし安心したのも束《つか》の間《ま》。ジャンジャックがニヤリと悪い笑顔を浮かべ、こう言った。

「まあ、もし万が一私情を挟んで当家に何か仕掛けてくるようであれば、蹴散らして構わないでしょう」

そんなことにならないよう祈りつつ、諸々《もろもろ》の準備に忙殺される日々を過ごしていると、あっという間に式まで三日を残すところになり、王太子御一行がオーレナングに到着した。

予定どおり総勢百五十人の大名行列だ。装飾過多な馬車の周りを囲む青みがかった鎧《よろい》の集団が、ヘッセリンク嫌いで有名な近衛騎士団の皆さんらしい。

揃いの鎧がある程度纏《まと》まって行動してるのはカッコいいな。うちもやるか？　いや、人数足りないか。

そんなことを考えていると、近衛の責任者が先触れで挨拶に来たというので玄関ホールに降りる。待っていたのは思ったよりも細身の優男だった。だいぶ若く見えるな。

僕に気付くと胸に手を当て深々と頭を下げた。

「ヘッセリンク伯爵様におかれましては、益々《ますます》ご清栄のことお喜び申し上げます。私はレプミア国第三近衛隊隊長、ダシウバと申します。式には私以下十名が王太子殿下の護衛として参列いたしますのでお見知りおきください。華々しい式に私達のような武辺者が参列していいものか迷いましたが王太子殿下たっての希望であります。ご不満もございましょうが、平にご容赦ください」

頭を上げたダシウバ隊長は満面の笑みで話しかけてきた。あら、近衛には嫌われてるんじゃなかったっけ？　キラキラした目でこちらを見てくるんだけど、事前情報と違いすぎて戸惑いを隠せない。

「ダシウバ殿。過剰な気遣いは不要だ。近衛の方々は職務として参列されるわけだが、他の参列者同様、機を見て軽食を摘《つま》むくらいの軽い気持ちでいてほしい。そのうえで、もし良かったら我々夫婦を祝福してくれると嬉しく思う」

「もちろん祝福させていただきますとも。護国卿《きょう》は自分達と同世代の英雄でございます。まさか自分があの魔人レックス・ヘッセリンクの結婚式に参列できるとは。夢のようです」

英雄？　僕が？　ナチュラルに魔人って呼んでるのに？

「僕が言うのもなんだが、魔人が英雄で大丈夫なのか？　風の噂で近衛には好かれていないと聞いていたのでな。真偽はどうなのだろうか？」

「ああ……。仰るとおり、上の世代はなぜかヘッセリンク伯爵家にいい感情を持っていないようです。不敬すぎて詳しくはお話しできませんが。ただ、私達第三近衛隊は王太子殿下と歳の近い者ということで私も含めて若輩で構成されていますので、そのようなことはありません。どうかご安心ください」

そうなのか。若い世代に嫌われてないっていうのは励みになるな。上に好かれるより下に好かれる方がポイント高い気がする。

「それを聞いてほっとした。国の剣であり盾である近衛に嫌われているなど、こんなに怖いことはないからな」

「ご冗談を。伯爵様の数々の武勇伝を聞けば震えるべきは私達の方でしょう。近衛は国一番の精鋭ですが、それはそれ。領軍や国軍と比較しての話です。それ以外に明らかに勝てないと思われる勢力があるにもかかわらず認めようとしないのは思考が停止していると言わざるを得ません」

すっごいマトモ。まじでか。あ、忠臣フラグか？　よし、仲良くしよう。

「辛辣だな。しかし気に入った。貴殿とは仲良くできそうだ、ダシウバ隊長。何もないところだが、可能な限り楽しんでいってくれ」

「恐縮です。では、御前失礼いたします。……と、最後に一つだけ」

「なんだ。転職ならいつでも受け付けているぞ？　なんなら部下の方々ともども、どうだ？」

一本釣り。可能なら目指せ大量雇用。

「はっはっは！　いえ、ご注意いただきたいことがございます。基本的に王太子殿下の護衛は我々第三近衛隊が行いますが、今回は第一近衛隊の隊員が数名、お目付役として随行しています。これが、なんといいますか、非常に言いにくいのですが」

笑っただけで躱《かわ》された。

そうね、せっかく近衛まで登り詰めたのに命の危険しかない辺境に転職なんかしないか。

フィルミーは特殊な例だったのを忘れてた。

「ああ、僕に対していい感情を持っていないのかな？　なるほど。よく教えてくれた。知らずに会うのと知ってて会うのでは心理的優位性が違ってくる。その第一近衛隊の隊員のうち、特に注意を要する人間はなんという名前か教えてもらえるかな？」

「スアレ。スアレ・イルスです。第一近衛隊の副隊長を務める者で、自身もイルス子爵家出身です」

「それは怖い。目をつけられないよう気をつけるとしよう。有益な情報提供に感謝するが、なぜ？」

「私は、個人的に伯爵様に憧れておりますから」

雇用の準備を進めろ！　フられても構わんから賃金を積めるだけ積むんだ！

と、それはそれとして。

さて、スアレとやらの対策会議を開催します。

「ジャンジャック、ハメスロット。スアレ・イルスについて聞いたことはあるか？　貴族なら多少情報が出回っていてもおかしくないと思うが」

僕の質問にダブル執事が目線を交わし、頷き合うとジャンジャックが一歩前に出た。

安定の執事ムーブ。

「軍におりました頃に面識もございます。一言で言えば、生粋の貴族主義者ですな。王家とは神の一族であり、それに仕える貴族とは清廉潔白でなければならず、須《すべから》く王家への奉仕を旨とする。そんな思想を持っているようです。本人は子爵家の二男だったように記憶しておりますが、座して待っていては自らの思想を広められないからと努力を重ね、若くして国軍で頭角を現すに至りました」

面倒臭そう。その一言に尽きる。

〇〇主義者っていいイメージないんだなあ。

「僕の貴族としての生き方がその思想に反しているわけだな。主義主張を押し付けられることには納得しかねるが、なんとなく嫌いだとか、昔のいざこざを引き継いでいるとかではない点は評価しよう。あとは努力によって近衛という精鋭まで登り詰め、一隊の幹部を任されている事実は認めないといけないな」

嫌われてる理由がわかるのはありがたい。直せるなら努力するし、そうじゃないなら近づかない。あと、苦手でも認めるとこは認める。これ大事ね。

「その思想から貴族には厳しい態度をとることもあったようですが、平民に無茶《むちゃ》を押し付けるようなことはなかったかと」

「ただただ僕みたいなはみ出し貴族だけが嫌いと。それはそれで困ってしまうが、話せばわかる可能性もなくはないか？」

「なくはないというのは、ほぼないと同義ですな。対応としましては、面倒事を起こしそうな輩にはこちらから近づかないという基本方針どおりでよろしいかと」

ですよね。正しい判断だと思います。

「招待客ではないのだから挨拶は必須ではないし、王太子殿下へのご挨拶の時も無理にその男に触れる必要はないだろう。あとは成り行きに任せるしかないということだな。よし、では王太子殿下へのご挨拶といこうか」

「御意。爺めとハメスロットさん、オドルスキさんが供をいたします」

「過剰戦力気味だが、まあいいか。万が一の時には頼むぞ」

執事二人とオドルスキを伴って王太子にあてがった部屋を訪ねる。オーレナングにお客さんなんかほとんど来ないと聞いているけど、屋敷には目上の来客用の部屋も完備されていた。

「久しぶりですね、ヘッセリンク伯。活躍は王城だけでなく、行脚する土地土地で聞いています。色々とうるさい声もあるでしょうが、個人的には貴方《あなた》のような型に嵌《は》まらない貴族がこれからの国には必要だと思っています。これからもブレることのないよう、頼みますよ」

思ったよりも背の高い、銀髪を短く刈り込んだ男がリオーネ王太子。

身体《からだ》が弱かったと聞いてたけど、おそらく鍛えたんだろう。オドルスキには当然及ばないけど、王家の人間の胸板の分厚さではない気がする。丁寧語で語りかける口調に偉そうな点は一つもなく、体格とのギャップがあるけどいい人そうだ。

「王太子殿下からのお言葉、大変ありがたく、また大変心強く思います。王家に永遠の忠誠を」

丁寧に細心の注意を払いつつ臣下の礼をとる。誰に注意してるのかって？　もちろん王太子の後ろでこっちをガン見してる青い鎧の男達だ。

スアレ・イルス。

鷲鼻《わしばな》の眼光鋭い系で迫力あるわあ。

「ジャンジャック将軍ですか。幼い頃に顔を合わせて以来ですね。元気そうで何よりです。そちらは……カニルーニャ伯爵家の執事ではなかったかな？　そうか、奥方はカニルーニャの隠し姫。貴方もヘッセリンクに移ったのですね。そして、東国の聖騎士オドルスキ殿。なんとも豪華な布陣だ」

ジャンジャックは国軍時代に面識があるらしく親しげに声をかけられていた。

オドルスキも他国の人だけど有名みたいだ。聖騎士の肩書は伊達《だて》じゃないらしい。

あとなにがすごいって、ハメスロットの顔を覚えてることだ。聞いたところだと数年前に一度カニルーニャに来た際に顔を合わせてるらしいけど、それでも次期国王が家来のさらに家来の顔を覚えてるかね。

「恐縮です。先ほど第三近衛隊のダシウバ隊長から挨拶を受けましたが、彼こそ素晴らしい人材ではありませんか。国王陛下が王太子殿下の護衛を任せたことからもその実力の程はわかりますが、何より人柄が素晴らしい」

こちらの人材が褒められたら当然王太子の人材も褒め返す。このラリーは後攻が多少強めに打ち返すのがポイントだ。

「そうですね。慣例として第三近衛隊は若い国軍兵士から選抜され、そのなかでも心技体に優れた者が隊長に抜擢《ばってき》されます。もちろん第一ならびに第二近衛隊の隊長と比べては数枚落ちることは否めませんが、ダシウバは将来に亘って私を支えてくれる人材になり得ると期待しています」

「近衛でなければ今すぐにでも当家に迎え入れたいくらいです。譲ってはいただけませんか？」

「あっはっは。ヘッセリンク伯にそこまで言われたらダシウバは喜ぶでしょう。彼は貴方に憧れていると公言して憚りませんので。ただ、彼までヘッセリンクに渡してしまっては戦力の不均衡が生まれてしまいますからね。諦めていただきましょうか」

「残念至極」

よしよし、いい感じ。王太子は笑顔でこちらの軽口にも乗ってきてくれている。

スアレはなにか思うところがあるのか黙ったまま。でも、その目は完全に僕を捉えているのでボロを出さないよう気を引き締める。

「本題に入りましょう。まずは呼ばれてもいないのに図々《ずうずう》しく式への参列を希望したこと、申し訳なく。祝いの品は父王からの物も合わせて目録を渡しておいたので目を通しておいてください。誤解してほしくないのは、私がオーレナングに立ち寄る口実だけで式への参列を望んだのではないということ。私は貴方を非常に高く評価していますし、そんな貴方の結婚を祝福する気持ちもあるということです」

王太子が押しかけた詫び代わりに、普通では考えられない量のご祝儀が王家から届いているのを後から知った。

「微塵《みじん》も疑ってはおりません。むしろ、国内を精力的に行脚されている王太子殿下にこれまで当地を訪れていただいていないことを寂しく思っていた次第。式を挙げることがいい機会になったと喜んでおります」

笑顔を浮かべながら心にないことをペラペラと述べていく。

正直面倒だけど仕方ないという本音を隠しながら僕は貴方の味方ですよというアピールを続行。いや、案外嘘《うそ》でもないというか、敵でも味方でもないというのが正解だ。

「そうですか。それを聞いて安心しました。どうしても私の行動に理解を示してくれない層があるものですから。呼ばれてもいない式に押しかけてまで趣味の行脚を続けたいのかと陰口も聞こえてくる始末です」

「それはいけない。王太子殿下の国内行脚は将来の国の安定に資するもの。家来としてお支えこそすれ、陰口を叩《たた》くなど考えられませんな。……なにか？」

ここまで王太子に寄り添う態度を見せたことでスアレが軽く首を傾《かし》げた。

おかしいな？　聞いてた話と違うな？　って顔だ。

ここでようやく声をかけると、慌てたように背筋を伸ばし、手を胸元に当てる姿勢をとった。

「失礼いたしました。伯爵様と直接お会いするのは初めてですが、聞いていた印象とだいぶ違うと思ったもので。不快な思いをさせたのであれば謝罪いたす」

「いやいや、その聞いていた印象というのも、私の不徳の致すところだ。若い頃のヤンチャというのは未来にも累を及ぼすものだと今更ながらに反省している」

殊勝に反省してみせたりして。

「そうですか……これは失礼。伯爵様の御前で名乗ることもせず。私はスアレ・イルス。第一近衛隊副隊長を務めています。今回は年若い第三近衛隊の口うるさいお目付役といったところです。辛い辛い嫌われ役ですな」

最初から危険人物の可能性があると警戒してたけど、そのフィルターを外すとそこまで毒のある男じゃない気がする。

王太子は別格だけど、スアレも特に語り口に嫌味《いやみ》はない。

「スアレ殿だな。イルス子爵家の方か。優秀な文官や武官を輩出する万能型の家系だと記憶している」

もちろんコマンド経由の情報だ。

結構しっかりした家らしく、めちゃめちゃ有名な人がいるわけじゃないけど、安定して能力の高い人材を輩出してる名家だとか。

「お褒めいただき光栄でございます。まあ、口さがない連中からはアルテミトスの下位互換などと呼ばれますがね」

「アルテミトス侯爵家と比べられているなら、奇人だなんだと呼ばれている我が家よりはだいぶマシな気がしないでもないがな」

自虐ネタを放り込むと僕らのやりとりを見ていた王太子が笑いながらスアレの肩を叩いた。

「ヘッセリンク伯自ら言われると反応に困るところですね。どうですかスアレ。自らの目で見たヘッセリンク伯は。噂など当てにならないものでしょう？」

「確かに殿下の仰るとおり。百聞は一見にしかずという言葉が身に染みました。いや、申し訳ありませぬ。同輩のなかに、ヘッセリンク伯は王家を王家とも思わぬ貴族の風上にも置けぬ方だと強弁する者達がおりまして。そこまで言うのであれば実際にどうなのかとやって来たのですが……どうやら同輩達に非がありそうですな」

そう言って、自らと並んで立っている鎧の男達をじろりと睨《にら》む。睨まれた方は気まずそうに視線を逸らしたり咳払《せきばら》いをしたりと落ち着かない。

お？　なんだ？　つまりスアレに僕が主義に反する貴族だと吹き込んだのは挙動不審なあの辺の近衛ってことかな？

それならば。

「あまりその同輩達を責めてやらないでくれ。先ほど言ったとおり、その風評は私の若い頃の無茶が原因であるのは間違いない。ただ、ねじ曲がって伝わっていることだけはよくよく言っておいてもらえると助かる」

「御意。しかしダシウバ隊長には謝っておきます。どうやら彼は貴方に憧れているようだ。その彼の前で伯爵殿のことを不当に評したことがあるのです」

正直者め。わざわざ僕にそれ伝える必要ないだろ。僕がやばいやつなら叱られちゃうよ？

「律儀なことだ。まあ行き違いは正した方がいいからな。そのようにしてくれ」

「良かった良かった。私の腹心であるスアレと、国の重鎮であるヘッセリンク伯が同じ方向を向いてくれることがこれほど心強いとは。今日はなんと素晴らしい日だ」

ご機嫌な王太子の居室を後にし、周りに誰もいないことを確認して家来衆に声をかける。

もちろんスアレのことだ。僕の感覚では白。

「どう思った？」

「貴族主義者のなかでも、貴族とは王家への強い忠誠を誓うべきだという一派のようです。それならば、王太子殿下に弓引くことさえなければ良き隣人になれるかと」

オドルスキも白、と。

「オドルスキさんの言うとおり。これが貴族とは何物にも優先されると考える優性論者だったならば厄介というか鬱陶しいことになったでしょうが、少なくともスアレさんと争うことはないでしょう」

ジャンジャックも白。

「恙《つつが》なく式が進みそうで安心いたしました。お嬢様にもそのようにお伝えいたします」

ハメスロットも白ね。

ＯＫ。無駄な警戒態勢を解除して基本的には通常の警備態勢に戻す。

「メアリ。何か動きは？」

よく働く暗殺者さんだけは各重要人物の動向を引き続き探らせてるわけだけど、王太子の部屋覗《のぞ》いてるとかバレたら一発で首が飛ぶね。厳戒態勢が敷かれたフロアでもそんなの関係なく情報を持ってくるのは流石だ。

「王太子、なし。ただ、ウキウキしながら革鎧磨いてやがったから式の後確実に森に行きたいって言い出すだろうな。スアレ、なし。兄貴なんかよりよっぽど品行方正っぽいぜ？　ダシウバを含む第三近衛隊はないと言えばないし、あると言えばある」

「まさかの第三近衛隊か？　どうした」

まじで？　まさか実はダシウバが悪い方の貴族派とかだったら人間不信になるよ。

「いや、くだらねえことだ。ダシウバばっかり兄貴と話してずりいって喧嘩になってたわ。人気者は辛いねえ。式が終わったら握手会でも開いてやれよ」

確かにくだらねえ。握手会でもサイン会でもやってあげるからちゃんと仕事しておくれよ近衛の皆さん。

「安心するのはまだ早《はえ》え。スアレ以外の第一近衛隊のおっさん達。ありゃあ何かやらかすな。魔人は表面上を取り繕ってるだけだ。ボロを出すのを待つのではなく、つついてみてもいいのでは？　だとさ」

「ジャンジャック。第一近衛隊というのは国を代表する精鋭が集っている組織だと認識しているのだが、阿呆《あほう》も飼っているのか？　そうだとすればだいぶ余裕のある組織なのだな」

僕の皮肉に、ジャンジャックが肩をすくめてみせる。

「爺めが現役の時分にも家柄だけで入隊を認められた、いわゆる『名誉近衛』はおりましたが、彼らは自らの立場をよく理解しておりました。それゆえ我々国軍兵士との諍いなど一切起こさない、どちらかと言えば品行方正な方々といった印象です」

名誉近衛か。すごい皮肉だけど、叩き上げのリアル近衛と差別化するには適切な表現ではある。

「では、スアレ副隊長のみ叩き上げの正当な近衛で、その他の第一近衛は名誉近衛ということか。しかも、月日が流れたことで陳腐化しているときた」

「お任せいただけるのであれば速やかに駆除いたしますが」

オドルスキがギラついた目でお伺いを立ててくるけどとりあえず落ち着いて。彼らも一応は王太子さんの護衛役だからこちらからの積極的な実力行使は好ましくない。

「様子見だな。メアリの聞いたとおりくだらないちょっかいを出してきたなら、その時には我が家の二つ名を思い出していただけばいい」

「承知いたしました。ではメアリさんは名誉近衛の皆さんの監視を継続してください」

「あいよ。まあ、なんか怪しい動きしたらしばき上げとくわ」

話聞いてたかな？　実力行使は最後の手段だから。気を利かせて僕の知らないとこで処分済み、とかくれぐれもやめていただきたい。

まだ見ぬこの世界の神よ。願わくば恙なく結婚式を済ませることができるよう見守ってください。

そんな風に祈ってはみたものの、式を翌日に控えた日の朝からジャンジャックが信じられないレベルの苦い顔で部屋に入ってきたのを見て、祈りが届かなかったことを悟った。

「レックス様。王太子殿下が式の前にお話ししたいと仰っているようです。いかがなさいますか？」

「殿下が？　式はもう明日だぞ？　こう言ってはなんだが置物のようにお座りいただくだけなのだから、打ち合わせなど必要ないと思うのだが」

とは言うものの、相手は未来の王様で僕はその家来の一人。断るわけにもいかず王太子の待つ部屋に向かう。本当は明日の段取りの再確認とか色々やらなければいけないことがたくさんあるんだけど、忠誠を示すため呼び出しに即応しないわけにはいかない。

「ヘッセリンク伯。忙しいところすみませんね」

「何を仰いますやら。私は国王陛下の、そして王太子殿下の忠実なる僕《しもべ》。お声かけに従うのは当然の責務でございます」

部屋にいたのは王太子と、スアレおよび名誉近衛の皆さんだった。

嫌な予感しかしない。僕に用があるのは王太子じゃなくて後ろに控えているオジサマ方か。

「そう言ってもらえると助かります。いえね？　今回お目付役でついてきた彼ら第一近衛隊の面々が、どうしてもヘッセリンク伯と話がしたいのだと言って聞かないのです」

ビンゴ。まあ、当たっても一切テンションは上がらないんだけどさ。というか、そんなわがまま貴方が切り捨てなさいよ。ただでさえ王族が来るっていうんでややこしくなってるんだから。

そんな僕の胸の内が伝わったのか、王太子が目を瞑《つぶ》りゆっくりと首を振る。

「私が切り捨てても良かったのですが、近衛とヘッセリンクの間にあるわだかまりを解きたいのだと言われれば断りきれず。先々のことを考えればここで近衛とヘッセリンク家が話をする場を設けるのは有益だと判断しました。平たく言えば、仲を修復するきっかけになればいい、と」

「はっはっは！　我が家と近衛の間にわだかまりがあるとは存じ上げませんでしたな！」

まったく笑っちまうよ殿下。わだかまりがあるんじゃなくて、一方的に嫌われて目の敵にされてるだけらしいですよ？

「まあ、王城内でまことしやかに流れる噂でしかありませんが火のないところには、と言いますからね。そこに持ってきてわざわざ近衛の諸君からヘッセリンク伯と話がしたいとの申し出がなされた。いい機会ですから話を聞いてあげてください」

この人、天然なのか？　もしわかっててやってるなら大したものだけど、顔を合わせて数日じゃどっちなのか判断がつかないな。

まあ、近衛と仲良くしろって言うならこちらに断る気はないんだけど、スアレ以外のオジサマ方はなんとなくニヤニヤしてるように見えるんだよなあ。

「殿下のお言葉ですので近衛の皆さんと話をするのは吝《やぶさ》かではないのですが、具体的に何をお話しすればいいのかな？」

この中で一番地位の高いスアレ副隊長に声をかけると、こちらは険しい顔で同僚達を睨み付けた。

「このようなやり方はヘッセリンク伯に失礼だと窘《たしな》めたのですが、揃いも揃って聞く耳を持たず。同僚達の無礼をお許しください」

「それは聞き捨てなりませんなスアレ副隊長。我々は真実、ヘッセリンク伯爵家と我々近衛の間にある行き違いを正したいと思っているのです」

「どの口が言うのか。殿下のお口添えをいただいたからにはこの期に及んで止めはしないが、どうなろうと責任は自分達で持て」

近衛は責任持たないからな、と。

この人だってこの数日のやりとりだけで僕やヘッセリンク伯爵家への疑念がなくなったわけじゃないだろうに、この行為が無礼だということで怒ってくれているんだろう。

最警戒してたスアレさんが一番まともとか、世の中わからないものだね。

「まあまあ、スアレ副隊長。真に我が家と近衛の間にあるわだかまりを解消するおつもりなら、責任だなんだという話にはなり得ない。私はなんの心配もしていないさ」

両手を広げて笑う僕に対してもスアレ副隊長から『どの口が言ってるんだ』と言いたげな視線が飛んできたけど、事実そうなんだから仕方ない。

これから仲良くしようね！　という話が責任問題に発展するなんて、どんな修羅の国なんだ。

「知ってのとおり、私は父が早逝していてあまり近衛と我が家の関係に明るくないからな。そもそも、なぜ関係が悪化しているのか。諸君らの見解を聞こうか」

教えて近衛さん！

「失礼を承知で申し上げれば、これはもうヘッセリンク伯爵家側に原因があるとしか」

名誉近衛の一人が、こんなこと、本当は言いたくないんですよ？　という風に苦渋の表情で答えてくれた。

「ほう、思い切ったことを言う。いや、責めているわけじゃないんだ。王太子殿下の御前でもある。本音で構わない」

お前のとこに問題があるんであってうちは悪くないですよ、と。それを現役の当主を前にいけしゃあしゃあと言い切れるなんて流石は名誉近衛だ。叩き上げに交じってコネで最強の武闘派集団に居座り続けるだけはある。

【感心している場合ですか？】

仕方ない。あそこまでなんの衒《てら》いもなく言い切られたらいっそ清々《すがすが》しいよ。

「我々近衛は武人としてこの身を国王陛下のために捧げ、寸暇を惜しんで鍛錬に励んでおります」

「なるほど。一国民として心強い限りだ」

「そんな我々武人の頂点に立つのは一体誰か。そう、恐れ多くも国王陛下から護国卿の地位を与えられた、ヘッセリンク伯爵様その人に他なりません」

つまり僕だね。

「そんな全ての武人の頂点に立つヘッセリンク伯爵家こそ、率先垂範して我々近衛や国軍兵士、各貴族領軍の手本となるよう振る舞うべきだと常々そう思っているのです」

熱を帯びてきたね。これが本音じゃなくて王太子の前で僕の評判を落とすためだけにやってるとしたら、大した役者だ。国都に複数あるらしい劇団から引く手数多《あまた》だと思う。『ヘッセリンクの悪夢』なんて作品が人気らしいですよ？

「皆まで言うな。つまり、我が家が武人達の手本になるような立ち居振る舞いができていないことに不満が溜《た》まった結果が不仲との噂が流れる原因だと。そう言いたいわけだな？」

なるほど。まあ、わからなくもない。

まだ三十路《みそじ》前のレックス・ヘッセリンクですら父親の指示とはいえ暗殺者組織を解体してみたり、色々と貴族の枠をはみ出した行動を繰り返している。

そんな家なら父親や祖父と遡っていくたびに一般的な貴族なら眉を顰《ひそ》めるヤンチャなアクション

があってもおかしくはない。

おかしくはないけど。

「なんというか、近衛というのは思ったよりも軟弱な思考をするのだな」

「なっ!?」

「いや、言葉が悪いのは承知しているが、情けないことを言うものだと少々呆《あき》れている。我が家は確かに国王陛下より護国卿という過分な称号をお預かりしているが、それはあくまでこの森に巣食う魔獣から国を護《まも》ることを示したものだったはずだ」

護国卿という称号を国一番の変わり者らしいヘッセリンクに与えたきっかけなんて、『バーサーカーを森の端を守るために配置したけど、不満が出ても困るからとりあえずかっこいい称号与えておこうぜ!』くらいの軽いものだったと思うんだよね。

「武人の頂点だなんだというのは、国を護るために歴代当主と家来衆が結果を出し続けた結果に過ぎない。要は後付けだ。そんなものを理由にわだかまりがと言われても困ってしまうぞ?」

あまり言いすぎて王太子の不興を買ってはいけないので視線を向けてみると、僕と近衛のやり取りに特段焦った風もなく、むしろニコニコと成り行きを見守っている。

ジャンジャックも頷いてるので、問題ないと判断してもう一段踏み込むことにした。

「腑《ふ》抜《ぬ》けた誤魔化しなどやめて、ヘッセリンクが怖いと、自分達よりも強い存在がいることが許せないと、素直に言ってはどうかな? そうすれば私からもこう言って差し上げられる。ヘッセリンクは、近衛になど小指の爪の先ほども興味がない。だから放っておいてくれとな」

これまでも特段親しい付き合いなんかなかったらしいし、貴方達は中央を、僕らは西を。それぞれ全力で守ろうじゃありませんか。

「それは、我々近衛への侮辱だと受け取るがよろしいか!?」

「主語が大きいな。私が侮辱するとしたら、わざわざ王太子殿下のお手を煩わせてまで恥をかきに来た貴殿らだけだ。まあ、もし貴殿らが近衛の主流だと言うなら、色々と考えないといけないところだが……」

そう言ってスアレ副隊長を見ると、眉間に深い皺《しわ》を寄せている。

これは僕と同僚どちらに腹を立てているのか。いや、両方の可能性もあるな。

これ以上長引くなら実力行使も辞さないつもりだったけど、顔を真っ赤にしたオジサマ方との睨み合いは、それまで笑顔で静観していた王太子の手を打つ音で終止符が打たれた。

「そこまでにしておいてください。これ以上は『魔人』殿の逆鱗《げきりん》に触れてしまいますよ?」

「殿下!」

「話がしたい。その願いは今叶えました。これ以上、何を望むというのでしょうか?」

なおも食い下がろうとしたオジサマ方だったけど、王太子から放たれた突然の支配者オーラに口を噤《つぐ》まざるを得なかったらしく、悔しそうな顔で引き下がった。

「和解に至らず申し訳なかったですね、ヘッセリンク伯」

遺恨だけ残ったんですがどうしてくれるんですかねえ？　などと言えるわけもなく、膝をついて臣下の礼をとる。

「殿下の御前で無礼な発言の数々、大変申し訳なく。若さゆえの経験不足が顔を出してしまったようです」

「構いません。私からどちらが正しいと言っては角が立つので明言は避けますが、先日伝えたとおり、少なくとも私個人は貴方に悪い印象はない。これからも期待していますよ？」

王太子からのありがたいエールを受け取り、スアレ副隊長に目礼をしたうえで退室する。

部屋から十分距離をとったところまで来ると、自然と深い深いため息が出た。

「あそこまで直接的なことを言うつもりはなかったのだが、駄目だな。我ながら、もっとおおらかに過ごせないものだろうか」

「何を仰いますやら。王太子殿下の御前で近衛を相手に素晴らしいご対応。爺めは涙を堪《こら》えるのに必死でございました」

そう言って満面の笑みを浮かべるジャンジャックだけど、彼はレックス・ヘッセリンク全肯定勢だ。採点が甘い可能性があるから話半分で聞くくらいがちょうどいい。

今後は無駄に敵を作らないよう、喧嘩腰にならないよう気をつけないとな。

「なんにせよ、これでようやく明日の式に臨めるというものだ。流石にここで何かが起こることはないだろう。ジャンジャック、みんなを集めてくれ。式を成功させるために、最終確認といこうじゃないか」

最終確認でも不備は一切見当たらないことが認められたとおり、翌日の式は順調に進んだ。基本的に僕達新郎新婦が上座で飾り物を演じ、祝いの言葉を述べてくれる皆さんに素敵な笑顔でお礼を言う。ただただその繰り返しだ。

盛大に、だけど派手になりすぎないように。そんな難しいバランスを実現してくれたアリスとイリナ、マハダビキア、ハメスロットに感謝だ。

料理はこの日のために大量に狩った魔獣の肉を大量に開放したので参列者からも絶賛されたし、僕ら新郎新婦の衣装も好評だった。やはりギンギラギンが人気らしい。髪にラメを振られたよ、恥ずかしい。

前日悲しい行き違いで口論になってしまった名誉近衛の皆さんも、流石に式で何かやらかそうとまでは思っていないみたいで大人しく警備に就いてくれているし、参列者に敵対的な人物はいない。

これで順調に進まない方がどうかしてるよね！　なんて油断したのがいけなかったのかもしれない。神様というのは気紛《きまぐ》れで本当に困ってしまう。

「レックス・ヘッセリンクは、近い将来私が国王となった際、右腕としてこの国の舵取《かじと》りに大きな役割を果たすことでしょう！」

盛大にやらかしてくれたのは、なんと押し掛けスペシャルゲストの王太子さん。

立場が立場なので参列者のなかでは最も上座に座ってもらう代わりに僕達以上に置き物でいてくれることを約束してもらっていたはずなのに、宴もたけなわとなった最終盤に突然そんな風にぶち上げてくれた。

せっかく参列したんだし、一言挨拶だけと言われたら僕に断る権利はない。なんせ相手は次期国王だ。それに、ここまでの王太子は常にお行儀よく、常識的な態度をもって接してくれていたのでまさかこんなことになるなんて思わないじゃないか。

初めは穏やかにヘッセリンクの功績を魔人という二つ名を絡めながら紹介したりしつつ、軽妙なトークを展開していたのに、その声が段々熱を帯び、拳を振り上げながらの熱弁に変わっていく様はある意味ホラーだ。どこにスイッチがあったのか全然わからなかった。

ざわつく参列者と慌てふためく近衛の皆さんをよそに、王太子は止まらない。

「魔人？　奇人？　大いに結構！　長い歴史のなかで硬直化した我が国に変革をもたらすのは、ヘッセリンクのような王をも恐れぬ気概を持った貴族だと、私はそう思う！」

いやいや、王様なんか怖いに決まってるだろ、何言ってるんだあんたは！　僕は可能な限り中央の政治になんか関わらず、西の果てで魔獣専門の猟師でいるつもりですけど!?

「殿下、ヘッセリンク伯がお困りです。その辺りで」

テンションが上がり切った王太子を止めるべく行動に出たのは第一近衛隊のスアレ副隊長と、第三近衛隊長のダシウバ。スアレが厳しい表情で声をかけ、ダシウバが王太子の姿を隠すように参列者との間に立った。

「止めないでくださいスアレ。ダシウバもどきなさい。今この場に集った貴族家当主の諸君のなかには、突然こんなことを言い出した私の意図が伝わっていない者もいるでしょう。しかし、私はヘッセリンクという家が残してきた功績と、当代伯爵の優れた行動力および胆力にずっと注目していました。今回初めてオーレナングを訪れ、ヘッセリンク伯と言葉を交わして確信したのです。すぐに貴方達も気付くことになるでしょう。魔人と恐れられるレックス・ヘッセリンクがこの国にもたらす恩恵に！」

やめてくれ！　ただでさえアンチが多いらしいヘッセリンクに王太子みたいな国のトップに限りなく近い人間が高評価を送ったことが各所にばれてみろ！　炎上するぞ！　何が怖いって、この世界の炎上は物理を含むことだよ!!

「やむを得ん。ヘッセリンク伯、殿下はお疲れのようです。式の途中ですが、先に下がらせていただく。どうか、失礼をお許しください。近衛隊、かかれ!!」

恐らくこんな時のために王様あたりから実力行使の許可は得ていたんだろう。王太子を取り押さえて連行していく手際は、そうでもなければ説明のつかないほど鮮やかだった。

「レックス様」

エイミーちゃんがそっと僕の腕に触れる。おっと、国内最強の戦闘集団が見せた高すぎる捕縛技術に見惚《みと》れてしまった。しかも捕縛対象は次期国王。式を荒らされたことに色々言いたいことはあるけど、余興としてはこれ以上のものはないだろう。

さて、とは言うものの今日は僕達がホストだ。このとんでもない空気をどうにかしないと。

「ご参列いただきました皆さん。本日は私達夫婦のために貴重な時間をいただき感謝いたします。改めまして、どうも、将来の国王陛下の右腕です」

冷え切った場を温めるための会心のジョークが式場で炸裂《さくれつ》する。結果はややウケだった。支配者層の言葉をいじるのは攻めすぎたか？　爆笑しているのは警備役のオドルスキとジャンジャックだけだな。

「冗談はさておき、先ほどは王太子殿下より過分なお言葉を賜りました。若輩の身に余る光栄であり、より一層レプミアの発展に力を尽くさねばと思いを新たにした次第です」

今求められているのは謙虚さだ。一若手貴族として、決して調子に乗らない姿勢を見せることでヘイトを回避していく。

「私どもヘッセリンクはこの西に広がる森で魔獣との闘争に明け暮れている荒くれ者の家系ですが、国に貢献したいという思いは、ご参列いただいた皆様にも劣らぬものと自負しております。本日素晴らしい伴侶を得ることもできました。これからのヘッセリンクに、ぜひご期待ください。本日は、ありがとうございました」

なんとかその場を収めようという僕の必死の思いが伝わったのか、大して上手《うま》くもない締めの挨拶に、常識的な大人達が盛大な拍手を送ってくれたことでそれ以上の騒動が起きることはなく式を終えることができた。

「疲れた、な。当面ゆっくりしていたいが、ヘッセリンク伯爵家当主としては、これから起きるであろう大事と、その対応を思えばそうも言っていられない」

式を終え、エイミーちゃんと参列者を見送り終えたところでそんな言葉が口をつく。

「伯爵家当主として、ですか？　それは一体どういうことでしょう」

「貴族には二つ、その身代の大きさに比例するものがある。一つはその家が持つ歴史。家自体の背骨の太さとでも言えばいいのか。それは家の自信の裏付けになっている」

コマンドからの受け売りだけどね。貴族という生き物がどんな性質を持っているかについては、レックス・ヘッセリンクとなって以降、折に触れて脳内授業を受けてきた。

「仰るとおりですね。ヘッセリンク伯爵家は魔獣討伐の歴史、カニルーニャ伯爵家は国を支える穀倉地帯であるということでしょうか」

そうそう、カニルーニャってめちゃめちゃ米やら小麦を作ってるんだよね。戦争じゃなくて農業でのし上がった珍しい家で、エイミーちゃんを養うことができたのはそういう強みがあったから。親戚になったから、今後は米や小麦をお安く売ってもらえることになっていて、カニルーニャ産の高級穀物がこの値段で!?　とマハダビキアが大興奮だ。

「そうだな。それらが我々貴族を貴族たらしめる。背骨が太ければ上級貴族であり、細ければ下級貴族という見方が一般的だ。まあ、一部例外はあるが」

「もう一つとは？　あまりよろしくないものだとは予想がつきますが」

「御明察。もう一つの特徴とは、その嫉妬深さだ」

「ああ……」

エイミーちゃんが両手で顔を覆う。わかったかい？　マイプリティワイフ。

そう、これから我が家を襲うのは、同業者からの嫉妬の嵐だ。激しすぎて難破するぞ。

「上から下への嫉妬、同列への嫉妬、下から上への嫉妬。あらゆる方向に嫉妬の嵐が吹き荒れ、最悪の場合行き着く先は戦だ。先日もエイミーを巡る嫉妬でアルテミトスと我が家がその一歩手前だったな」

「もう、そのことは仰らないで。私はレックス様以外に嫁ぐ気などなかったのですから」

イチャイチャで癒やされるしかないが、本当に今後のことを考えると頭が痛いよね。というか、ちゃんと止めろよお付きの人々。

具体的には第三近衛隊とスアレだけど、最終的には実力行使に出てくれたし、王太子に対して華麗な捕縛術を仕掛けるという最高の余興を見せてくれたことを考えれば、許さざるを得ないか。

「わかっているよ。ただ身近な例でわかりやすいからね。さて、その嫉妬だが……、その嵐に巻き込まれる可能性が非常に高い。なぜなら次代の国王、リオーネ王太子から我が家の繁栄を願うお言葉を頂いてしまったのだ。合わせて僕を右腕に指名したことも影響が大きいだろう。当初は王太子殿下が我が領を訪れる口実に式への参列を希望したという見方が一般的だった。いや、実際それが事実だとみんなわかっているからお気の毒にと同情すらされていたはずなのに、それを嫉妬色の眼鏡《めがね》をかけて覗くとあら不思議。王太子殿下はヘッセリンク伯爵家のみを不当に厚遇している、そうでないのであれば我が家の慶事にも参加してくれるだろうな？　ところうなるわけだ。そうなってくると、ヘッセリンク伯爵家は王太子殿下に取り入るため、なにかしたのではないか？　魔人から王太子をお守りしろ、オーレナングを攻め滅ぼせと、極端な話そうなる可能性がある」

「私も含めてですが、貴族というのはどうしようもない生き物ですね。御参列いただいた皆様に口外しないようお願いしてみてはいかがですか？」

「もちろんお願いはするつもりだが、人の口に戸は立てられない。近衛や護衛、メイド達まで含めると全員への口止めは無理だ。そして、その話はじわじわと広がり、やがて今日参加していない我が家をよく思わない家に伝わる」

「はあ。そして言いがかりをつけられるわけですね。まあ、正攻法でいらっしゃるなら、力でヘッセリンク伯爵家が後れをとることは考えられませんので心配はないのですが。貴族特有の搦手《からめて》で来られた場合、どういたしましょう」

「そうなのだ。我が家にはそのあたりに長じた人材が少ない。力でねじ伏せるだけならエイミーを加えた我が家に死角はないが、そろそろ奇人だ魔人だの連鎖から抜け出したくもある。これを機に、諜報《ちょうほう》方面の強化を進めたいところだな」

メアリが諜報部門と言えばそうだけど、一人じゃ限界があるし、そもそも一人では諜報『網』とは呼べない。

コマンドに確認したところ、我が家は歴代ゴリゴリの脳筋なので、難しいことは考えずに正面から擦り潰せばいいじゃないということで諜報網の構築に着手したことすらないらしい。そういえば闇蛇撲滅の時もレックス・ヘッセリンク個人の伝手《つて》を頼ったんだった。

「難しいですね。いずれの家も膨大な時間をかけて諜報網を整備しているはず。借用するならカニルーニャの諜報網か、友好的なアルテミトスでしょうか」

アルテミトス侯爵家は後継者があれだから却下。

「頼るならカニルーニャか。義父殿には明日にも事情を話し協力を申し入れるとしよう。それと、ジャンジャックと独自の諜報網を構築できないか相談してみるか」

その他にも、オーレナングにいる間に絶対森に入りたいと王太子さんからおねだりされるだろうし、そっちの対応も考えなきゃいけない。ああ、頭が痛い。よし、一旦考えるのはやめだ。悩むのは明日の僕に任せて、とりあえず今日はゆっくり休もう。

間章　隠し姫と転生貴族

カニルーニャ伯爵家。

レプミア王国の東側に位置し、国内最大の穀倉地帯を治めていて、十貴院の座にこそ就いていませんが農業分野での功績から大貴族の一つとして一目置かれる存在です。

そんなカニルーニャ伯爵家の末娘として生を受けた私、エイミー・カニルーニャに付けられた二つ名は、『カニルーニャの隠し姫』。

カニルーニャの娘にもかかわらず、貴族の娘が社交の場に出る歳《とし》になっても一切姿を見せない私について、世間的には身体《からだ》が弱いとか、顔に火傷《やけど》の痕があるとか、色々言われてきましたが、そんな事実はありません。

ではなぜ私が公の場に姿を見せることがなかったのか。

それは、私が俗に言う大食らいだからです。

なんだその程度かと思われる方もいるでしょう。探せばそれくらいいるだろうと。

しかし私のそれは、幼い頃から大食らいという言葉では到底表しきれない水準のものでした。

カニルーニャの帳簿には、私の食事に掛かるであろう予算の項目が存在するのです。そして幼いながらもその額が毎年馬鹿にならない水準に達するに至っては、とても社交の場に出すことはできないと判断されたのもやむを得ないものだと理解しています。なんといっても、私一人で社交の場に出された料理を食べ尽くしてしまう可能性があるのですから。

たくさん食べる女性を好む男性もいらっしゃるでしょうが、可愛《かわい》いと思っていただける域を大きく逸脱していました。

そんな怪我《けが》でも病気でもない理由でほぼ家族以外との交流を絶っていた私に、縁談の話が舞い込んだことには驚いたものです。正確には父が持ち込んだ話ということになるのですが、その相手を聞いて二度驚きました。

レプミアの西に広がる魔獣が棲息《せいそく》する森を領有し、歴代当主が時の国王陛下から『護国卿《きょう》』の地位を与えられている有名貴族。そして、若くして当代の伯爵位に座る、あの『魔人』レックス・ヘッセリンクだったのです。

きっと父は考えに考え抜いた末にヘッセリンクを選んだのでしょう。潜在的に敵対する勢力から私と家を守るためには、より強い者に私を託す必要がある。それが優しい父だからこその決断です。

ヘッセリンクが基本的には西に引きこもり、社交の場に興味がないというのも理由だったのかもしれません。

ある日、カニルーニャにやって来たのは、ヘッセリンクの家来衆を名乗る三人の男女。

一人はレプミアの生きる伝説、『鏖殺将軍《おうさつ》』ジャンジャックだというではありませんか！　私のような外の情報に疎い者でも知る人物の来訪に興奮が止まりません。

それと、信じられないほどの美貌を持ったメイドが一人と可愛らしい女の子が一人。

不思議な組み合わせでしたが、すぐにこの女の子、ユミカちゃんの愛らしさの虜《とりこ》になってしまいました。

ジャンジャック殿とユミカちゃんの口から語られるレックス殿の為人《ひととなり》は、優しく穏やかで基本的には争い事を好まないというもので、世間的に知られているレックス・ヘッセリンクの評判とは真逆なことに驚いたものです。これがジャンジャック殿だけが語ったものならもしかしたら完全には信じていなかったかもしれませんが、幼いユミカちゃんが連日一生懸命に大好きなお兄様について語る姿は嘘《うそ》をついているようには見えず、少しずつレックス・ヘッセリンクに興味が湧いてきたのです。

強く、優しく、包容力のある若手貴族。

興味が出てきたとしてもそんな物語の主人公のような人物、そうそういるはずもないと自分に言い聞かせながらオーレナングでの顔合わせに臨みました。

しかし、物語の主人公のように、強く、優しく、包容力がありつつどこか可愛らしさも兼ね備えた素敵な男性は、確かに存在しました。

オーレナングを訪れて以降、会話を交わすたびに惹《ひ》かれていくのを自覚してはいたのです。

決定的だったのは、森で披露された圧倒的な力でした。ゴリ丸ちゃんとドラゾンちゃんという二体の召喚獣を操り魔獣達を蹂躙《じゅうりん》していくその神々しくすらある姿を見て、完全に参ってしまったと言っても過言ではありません。

それだけでも十分だったというのに、私を手に入れるためにアルテミトス侯爵家に戦を仕掛けることも辞さない態度を見せられては、好きになる以外の選択肢は残されていませんでした。

あと、オーレナングで出される食事の質と量が素晴らしいということも付け加えておきましょう。

このオーレナングでレックス様と共に生きていく。

そう考えただけでも幸せで頬《ほお》が緩み、締まりのない顔になってしまうのを爺《じい》に指摘されては引き締めるということを繰り返しているうちに、あっという間に式の朝になってしまいました。

レックス様からは、式の最中にも何かしらの騒動が起きるかもしれないと言われていますが、問題ありません。

今日も、これから先も、レックス様とならどんな困難も必ず乗り越えられることでしょう。

家臣に恵まれた
\ 転生貴族の /
幸せな日常

KASHIN NI
MEGUMARETA
TENSEIKIZOKU NO
SHIAWASE NA
NICHIJOU

家臣《かしん》に恵《めぐ》まれた転生《てんせい》貴族《きぞく》の幸《しあわ》せな日常《にちじょう》 1

2024年2月25日　初版第一刷発行

著者　企業戦士
発行者　山下直久
発行　株式会社KADOKAWA
〒102-8177　東京都千代田区富士見2-13-3
0570-002-301（ナビダイヤル）
印刷・製本　株式会社広済堂ネクスト
ISBN 978-4-04-683377-8 C0093

Printed in JAPAN

担当編集　並木勇樹／小島譲
ブックデザイン　鈴木 勉（BELL'S GRAPHICS）
デザインフォーマット　AFTERGLOW
イラスト　とよた瑣織

本書は、2022年から2023年にカクヨムで実施された「第8回カクヨムWeb小説コンテスト」で特別賞（異世界ファンタジー部門）を受賞した「家臣に恵まれた転生貴族の幸せな日常。」を加筆修正したものです。
この作品はフィクションです。実在の人物・団体・事件・地名・名称等とは一切関係ありません。

ファンレター、作品のご感想をお待ちしています

宛先
〒102-0071　東京都千代田区富士見 2-13-12
株式会社 KADOKAWA　MFブックス編集部気付
「企業戦士先生」係「とよた瑣織先生」係

二次元コードまたはURLをご利用の上
右記のパスワードを入力してアンケートにご協力ください。

https://kdq.jp/mfb
パスワード
3p5y3

● PC・スマートフォンにも対応しております（一部対応していない機種もございます）。
●アンケートにご協力頂きますと、作者書き下ろしの「こぼれ話」が WEB で読めます。
●サイトにアクセスする際や、登録・メール送信時にかかる通信費はご負担ください。
● 2024 年 2 月時点の情報です。やむを得ない事情により公開を中断・終了する場合があります。